S Y N

collection d

Le
Mépris

Jean-Luc Godard

**étude critique
de Michel Marie**

NATHAN

A Frédérique,
naturellement

Éditions Nathan 1990, 1995 - ISBN 2.09.190981.5

Sommaire

Avant-propos

Sixième long métrage de Jean-Luc Godard, *Le Mépris* est un film atypique. C'est une superproduction internationale avec une star alors au faîte de sa gloire. Le cinéaste y adapte avec une certaine fidélité un roman d'un auteur contemporain, considéré comme un des maîtres de la littérature italienne, Alberto Moravia.

Le premier montage terminé, le coproducteur américain Joseph E. Levine s'oppose à la présentation du film au festival de Venise en septembre 1963. Jean-Luc Godard devra ajouter quelques plans et le film sort enfin en décembre.

Il sera diversement accueilli, comme la plupart des films du réalisateur. Pour un film avec Brigitte Bardot, c'est un succès mitigé. La critique est très divisée et le nombre d'articles réservés ou hostiles est important.

Le Mépris est à nouveau distribué en 1981, dans le circuit « Art et essai » cette fois. Cette sortie est un triomphe pour une réédition. Il est alors accueilli comme une œuvre majeure du cinéma français des années 60 et la critique souligne le classicisme de son écriture. Il va être régulièrement rediffusé à la télévision, et son générique repris par une émission consacrée au cinéma.

Le Mépris est devenu le film de références de nombreux romanciers, peintres, musiciens. Il est un peu au cinéma français des années 60 ce que fut *La Règle du jeu* en son temps.

J'ai vu pour la première fois *Le Mépris*, lors de sa sortie en janvier 1964, à Marseille, dans une salle qui s'appelait, comme par hasard, *Le Capitole*. J'avais dix-huit ans et je ne connaissais alors qu'un seul film de Godard, *Vivre sa vie*, qui d'ailleurs m'avait beaucoup ému. Cette première vision du *Mépris* m'a littéralement subjugué, jusqu'à me laisser dans la salle pendant trois séances consécutives. J'ai dû revoir le film une vingtaine de fois les semaines suivantes.

Mon rapport émotionnel au film était si fort que j'ai mis plus de vingt ans à l'aborder de manière analytique et universitaire, grâce à l'initiative de Philippe Dubois qui préparait le numéro de la *Revue belge du cinéma* consacré à Godard. *Le Mépris* est un jalon décisif de ma cinéphilie personnelle et il a certainement joué un rôle de premier plan dans ma vocation professionnelle ultérieure.

J'espère communiquer ici au lecteur une large part de mon adhésion initiale.

LA VIE ET LES FILMS
DE JEAN-LUC GODARD

Jean-Luc Godard est né à Paris, le 3 décembre 1930, de parents de nationalité suisse. Son père est médecin, sa mère appartient à une famille de banquiers protestants, les Monod. Il fait ses études secondaires à Nyon, en Suisse, puis au lycée Buffon à Paris. Il passe son bac à Grenoble et prépare un certificat d'ethnologie à la Sorbonne. Nous sommes en 1949. Il a dix-neuf ans et va beaucoup au cinéma, fréquente surtout les séances de la Cinémathèque française, avenue de Messine, et le Ciné-club du Quartier latin. Il y fait la connaissance de François Truffaut, Jacques Rivette et Éric Rohmer, avec lequel il se lie d'amitié.

« Les années *Cahiers* »

Godard débute dans la critique sous le pseudonyme de Hans Lucas (Jean-Luc en allemand) dans la *Gazette du cinéma* (n° 2, juin 1950), avec un article sur Joseph L. Mankiewicz dans lequel il évoque avec admiration l'œuvre d'Alberto Moravia. A partir de janvier 1952, il commence à écrire occasionnellement pour les *Cahiers du cinéma*. Il est alors très lié à Éric Rohmer qui s'est lancé dans des projets de réalisation qui resteront inabou-tis : adaptation des *Petites Filles modèles* de la comtesse de Ségur dont rend compte Godard dans *Les Amis du cinéma* (octobre 1952). Quand il modifiera les prénoms des protagonistes du *Mépris* pour les appeler Camille et Paul, il se souviendra des héros de la célèbre comtesse.

En 1954, Godard s'engage comme ouvrier sur le chantier de construction d'un barrage sur la Dixence, en Suisse. A partir de cette expérience, il réalise son premier film, un documentaire de vingt minutes, *Opération Béton*. Puis il revient à Paris, reprend sa collaboration aux *Cahiers du cinéma* et intervient également dans l'hebdomadaire *Arts* (1956).

Ses amis des *Cahiers* se lancent alors dans la réalisation sur les conseils de Rossellini. Claude Chabrol tourne *Le Beau Serge* en 1958. Truffaut, Rohmer et Rivette réalisent des courts métrages : *Les Mistons* (1958), *La Sonate à Kreutzer* (1956), *Véronique et son cancre* (1958), *Le Coup du berger* (1956). Godard filme en 16 mm et en autoproduction son premier court métrage de fiction à Genève (1955). C'est une adaptation d'une nouvelle de Maupassant, *Le Signe* ; Godard l'intitule *Une femme coquette*.

C'est Pierre Braunberger qui produira les trois premiers courts métrages réalisés dans des conditions semi-professionnelles en 35 mm par Godard : *Tous les garçons s'appellent Patrick* (1957), sur un scénario d'Éric Rohmer, *Une histoire d'eau* (1958), commencé par François Truffaut, monté et mixé par Godard, et *Charlotte et son Jules* (1959), avec Jean-Paul Belmondo.

« Les années Karina »

Jean-Luc Godard sera l'un des derniers membres de l'équipe des *Cahiers* à pouvoir se lancer dans l'aventure du long métrage. C'est Georges de Beauregard qui lui offre cette possibilité au cours de l'été 1959. Celui-ci refuse les sujets personnels qui deviendront plus tard *Une femme est une femme* et *Le Petit Soldat*, mais accepte le scénario écrit par François Truffaut : celui d'*A bout de souffle*. Le film est distribué en mars 1960 et, malgré les conditions très difficiles du tournage, le peu d'enthousiasme des acteurs et du producteur, c'est un triomphe public qui surprend tout le monde : 259 000 entrées en exploitation parisienne, une carrière de sept semaines d'exclusivité, une distribution internationale en Europe et en Amérique.

Du jour au lendemain, Godard devient l'enfant terrible de la nouvelle vague, le réalisateur iconoclaste et brillant dont tout le monde parle. On l'assimile abusivement au personnage provocateur de Michel Poiccard, son héros d'*A bout de souffle*. Dès lors, il ne va cesser de tourner et ce, malgré l'interdiction totale pendant trois ans de son second long métrage, *Le Petit Soldat* (1960).

En 1961, Godard épouse Anna Karina, jeune Danoise de 21 ans. Il réalise avec elle une comédie musicale à la française, dédiée à René Clair et à Ernst Lubitsch, *Une femme est une femme* (1961), comédie en Scope et en couleurs, avec Jean-Paul Belmondo et Jean-Claude Brialy dont le succès sera très moyen. Il participe la même année à un film à sketches de production assez commerciale, *Les Sept Péchés capitaux*, où il dirige Eddie Constantine, alors grande star du policier français.

Pierre Braunberger, en 1962, accepte de produire son quatrième long métrage, *Vivre sa vie*, portrait ascétique d'une jeune prostituée parisienne, mais aussi hommage au cinéma muet des années 20, et plus particulièrement à la *Jeanne d'Arc* de Carl Dreyer. Godard radicalise son style, compose son film en douze tableaux, en accentuant l'emploi du plan-séquence et du parti pris documentaire. Il renoue avec le succès public, sans doute en raison du sujet du film inspiré d'une enquête de Marcel Sacotte, *Où en est la prostitution ?* Le film aura le prix spécial du jury au festival de Venise (1962) et le

6

prix de la critique italienne, allemande et japonaise. Il sera admiré par Georges Sadoul dans *Les Lettres françaises*, mais attaqué par la plupart des autres critiques de l'époque. Le portrait qu'il réalise de Nana, jeune prostituée brune coiffée à la Louise Brooks, est absolument bouleversant. Il y cite le *Portrait ovale* d'Egard Poe pour raconter l'histoire d'un peintre qui fait le portrait de son épouse. Dans la séquence centrale du *Mépris*, Camille (Brigitte Bardot) porte une perruque brune identique à la coiffure de Nana.

1963 est pour Godard l'année des contrastes. Dans les derniers jours de 1962, pendant les fêtes de fin d'année, par un hiver particulièrement rigoureux, il se lance dans la réalisation d'une fable anti-militariste, *Les Carabiniers*, tournée dans le terrain vague des futures halles de Rungis. Il s'agit d'une coproduction franco-italienne qui associe de nouveau Georges de Beauregard et Carlo Ponti : ils avaient déjà produit ensemble *Une femme est une femme*. Le film est une adaptation très lointaine d'une pièce de théâtre italienne de Benjamino Joppolo que Rossellini a fait connaître à Godard. L'équipe technique des *Carabiniers* sera, à une ou deux exceptions près, identique à celle du *Mépris*. L'humour noir du film, son cynisme à la Jarry (on s'y injurie à force de « merdre ») suscitent un boycottage extrêmement violent de la critique de l'époque. Dans le film, alors que

Godard prépare depuis quelque temps l'adaptation du *Mépris*, les quatre personnages des *Carabiniers* s'appellent Ulysse, Michel-Ange, Cléopâtre et Vénus ; ils n'ont pourtant rien d'épique ni de noble.

Les Carabiniers est le premier échec retentissant de Godard, l'un des plus marquants de la nouvelle vague : 2 800 entrées en exclusivité parisienne et deux semaines d'exploitation. Mais, avant le premier jour de distribution du film, Godard a déjà réalisé un nouveau sketch au Maroc, « Le Grand Escroc », pour le film *Les plus belles escroqueries du monde*. *Les Carabiniers* sont distribués le 31 mai 1963, alors que toute l'équipe de Godard est à Rome pour le tournage du *Mépris*, cette fois encore coproduit par Georges de Beauregard et Carlo Ponti avec le renfort du producteur-distributeur américain Joseph E. Levine, attiré par la présence d'une star « sexy » du cinéma international, Brigitte Bardot.

Après *Le Mépris*, Godard va garder le rythme de deux longs métrages par an, sans compter les courts métrages. En 1964, il retourne au petit budget et coproduit *Bande à part*, hommage à Raymond Queneau avec Anna Karina, Pierre Brasseur et Samy Frey ; et la même année, son premier essai sociologique sur la France des années 60, *Une femme mariée*, pour lequel il aura de nouveaux problèmes avec la censure.

En 1965, Godard tourne

Alphaville et *Pierrot le fou*, le second succès public de la première partie de sa carrière. L'année suivante est pour lui une année particulièrement productive puisqu'il enchaîne *Masculin-Féminin*, *Made in U.S.A.*, *Deux ou trois choses que je sais d'elle*, et un autre court métrage *Anticipation* pour le film à sketches *L'Amour à travers les âges*.

1967 est l'année de l'engagement : *Loin du Vietnam*, séquence d'un film collectif où il se demande comment un cinéaste peut parler de la guerre du Vietnam, puis les deux longs métrages prémonitoires des événements de l'année suivante : *La Chinoise* et *Week-end*. Ainsi s'achève la période des « années Karina », pour reprendre le découpage proposé par son « biographe » Alain Bergala.

« Les années Mao »

Avec *Le Gai Savoir*, commencé en décembre 1967 pour l'ORTF et achevé après mai 68, Godard se lance dans le cinéma militant et expérimental. Il va explorer toutes les facettes du cinéma de propagande et de réflexion théorique sur le fonctionnement des images et des sons. Il réalise à cette époque, seul ou au sein de collectifs, comme le Groupe « Dziga Vertov », neuf nouveaux longs métrages peu connus parce que distribués de manière quasi clandestine, véritables expériences de laboratoires sur lesquels les longs métrages des années 80 s'appuieront : de *Un film comme les autres* (1968) jusqu'à *Vladimir et Rosa* (1971), seul *One plus one* (1968), réalisé en 35 mm, sera distribué en salles commerciales.

Après *Vladimir et Rosa*, un grave accident de moto entrave ses capacités créatrices pendant près de deux ans et il revient au long métrage commercial avec *Tout va bien*, analyse critique assez caustique des films militants antérieurs (les siens et ceux des autres, notamment *Coup pour coup* de Marin Karmitz, 1972), dans lequel il parodie avec un réel cynisme le film avec vedettes. Yves Montand et Jane Fonda y offrent une nouvelle version beaucoup plus agressive de la séquence d'ouverture du *Mépris*, en pratiquant la déclamation d'une tirade érotico-pornographique, fondée sur une surenchère de vocabulaire sexuel et argotique, alors qu'ils marchent en tenue de ville le long des quais de l'Ile Seguin, face à la Régie Renault.

Les « années Mao » se terminent avec un nouveau film d'autocritique, *Ici et Ailleurs*, commencé en 1970 sous le titre *Jusqu'à la victoire*, à l'époque la plus radicale du militantisme gauchiste.

Numéro deux, dont le titre est programmatique, inaugure la période des expériences sur le langage vidéo et les interrogations théoriques sur la photographie, la communication audiovisuelle, questions centrales dans *Comment ça va?* (1975), *Six Fois deux* (1976), et *France, tour détour deux enfants* (1977-1978). Depuis *Ici et ailleurs* et *Numéro deux*, Anne-Marie Miéville participe avec lui à l'écriture des scénarios de ses films.

« Le retour au cinéma »

Enfin, une quatrième période commence en 1979 avec *Sauve qui peut (la vie)* qui marque un retour à la production commerciale en 35 mm et à la distribution dans les circuits classiques par MK2. Ce nouveau film est partiellement autobiographique et mêle les acquis des expériences vidéo (décomposition du mouvement, ralenti) à un récit plus linéaire.

Pendant les années 80 alternent les sujets très personnels (*Passion*, 1981, *Je vous salue Marie*, 1983, *Nouvelle Vague*, 1990) et les commandes détournées (*Prénom Carmen*, 1982, *Détective*, 1984, *Grandeur et décadence d'un petit commerce de cinéma*, 1986, *King Lear*, 1987), sans oublier les films courts que Godard n'a jamais abandonnés et qui se prêtent à merveille au projet de ses essais : *Lettre à Freddy Buache* (1982), *Scénario du film Passion* (1982), *Puissance de la parole* (1988). Son long métrage le plus récent, *Nouvelle Vague*, réalisé comme *Le Mépris* autour d'une star, Alain Delon, est sélectionné au festival de Cannes en 1990 et ne reçoit aucune distinction. *Prénom Carmen* a obtenu le Lion d'or au festival de Venise en 1983 et *Soigne ta droite* le prix Louis Delluc en 1987.

Le statut culturel de Jean-Luc Godard, l'un des grands créateurs de formes du siècle, sera toujours plus reconnu hors des frontières françaises. Son œuvre qui s'étale dorénavant sur plus de trois décennies et comprend plus de 35 longs métrages est devenue l'une des références majeures de notre époque.

9

GÉNÉRIQUE

Tel qu'il se présente dans le film :
3 intertitres

Visa de contrôle cinématographique nº 27515
COCINOR présente
LE MÉPRIS

puis générique parlé :

C'est d'après le roman d'Alberto Moravia.
Il y a Brigitte Bardot et Michel Piccoli.
Il y a aussi Jack Palance et Giorgia Moll.
Et Fritz Lang.
Les prises de vue sont de Raoul Coutard.
Georges Delerue a écrit la musique.
Et le son a été enregistré par William Sivel.
Le montage est d'Agnès Guillemot.
Philippe Dussart s'est occupé de la régie avec
Carlo Lastricatti.
C'est un film de Jean-Luc Godard.
Il est tourné en Scope et tiré en couleurs par GTC
à Joinville.
Il a été produit par Georges de Beauregard et
Carlo Ponti pour les sociétés Rome Paris Films,
Concordia, Compania cinematografica Champion,
à Rome.

Le générique est dit par une voix masculine sur fond
musical de Georges Delerue pendant que l'on voit à
l'image l'équipe technique filmant Francesca qui avance
vers le premier plan. Elle enchaîne sur une citation :

« Le cinéma, disait André Bazin, substitue à notre
regard un monde qui s'accorde à nos désirs.
Le Mépris est l'histoire de ce monde. »

On peut ajouter les informations techniques suivantes :

ASSISTANT-RÉALISATEUR Charles Bitsch

ASSISTANTE-MONTEUSE Lila Lakshmanan

SCRIPTE Suzanne Schiffman

COSTUMES Janine Autré

MAQUILLAGE Odette Berroger

PRODUCTEUR EXÉCUTIF Joseph E. Levine

INTERPRÉTATION l'assistant-réalisateur : Jean-Luc Godard ; Linda Veras (une sirène)

LONGUEUR INITIALE 2 798 mètres (105 minutes)

DATE DE LA PREMIÈRE 20 décembre 1963

TOURNAGE à Rome et à Capri du 28 avril au 7 juin 1963

DISTRIBUTION en 1963 : Marceau-Cocinor (France), Embassy Pictures Corp. (USA). Une version remontée, doublée et avec une autre musique a été exploitée en Italie, Godard ayant retiré son nom du générique.

DISTRIBUTION en 1981 : Forum

1

POUR LES
SOCIÉTÉS
LES FILMS
CONCORDIA
ROME PARIS
FILMS
LA COMPANIA
CINEMATOGRAFICA
CHAMPION

CONTEXTES

1963 : La Ve République du général de Gaulle vient de mettre fin au conflit algérien après huit années de guerre coloniale tout en conjurant les dangers de guerre civile. La société française, qui sort enfin de l'après-guerre, va connaître, tout au long de la décennie, de vastes bouleversements dans les modes de vie, les mentalités, les pratiques culturelles. Godard sera le témoin de ces mutations et le sujet de ses films s'en imprégnera de plus en plus, notamment à partir d'*Une femme mariée*, en 1964. Pour l'heure, c'est le cinéaste de sa génération dont les médias parlent le plus. Il a 33 ans, l'âge crucial au sens littéral du terme, «celui des crucifixions et des triomphes», comme le remarque non sans humour Jacques Aumont.

1962-1964 : la nouvelle vague est en période de reflux. Après la brève euphorie des débuts, c'est la crise et le retour du «cinéma de qualité», avec le succès de films comme *Le Glaive et la Balance* d'André Cayatte et des comédies comme *L'Homme de Rio* de Philippe de Broca, dans lequel Jean-Paul Belmondo n'a plus qu'un lointain rapport avec l'ami Michel Poiccard.

Chabrol, Rohmer, Rivette, Truffaut, Demy, Rouch, Kast, tous les compagnons de Godard sont au creux de la vague.

Jean-Luc Godard, après *Vivre sa vie* et malgré l'interdiction du *Petit Soldat*, va enchaîner film sur film, ses producteurs ignorant encore que l'audience des *Carabiniers* sera si réduite.

Mais le début des années 60, c'est aussi l'époque de l'effondrement d'Hollywood, de la crise de la plupart des grands studios. Les «Majors» connaissent alors une suite retentissante de déroutes commerciales. Elles multiplient les superproductions internationales afin de retrouver un public de masse.

Les cinéastes de la génération des années 50 que le critique Godard vénérait particulièrement vont perdre toute originalité créatrice dans des épopées cosmopolites qu'ils ne peuvent plus contrôler : c'est le cas d'Anthony Mann avec *Le Cid* (1960), *La Chute de l'empire romain* (1964) ; de Nicholas Ray avec *Le Roi des rois* (1961) et *Les 55 Jours de Pékin* (1963), et plus encore de Joseph L. Mankiewicz aux prises avec Walter Wanger puis Darryl F. Zanuck (et face aux caprices d'une star, Elizabeth Taylor) qui aura bien du mal à mener à bout le tournage de *Cléopâtre* (1963), film au budget colossal qui entraîne la Fox à la faillite. Les vétérans d'Hollywood, ceux qui ont commencé leur carrière avec Griffith et Chaplin et auxquels le cinéaste du *Mépris* rend hommage dans son film (par voie d'affiches placardées à Cinecittà), sont au crépuscule de leur longue carrière. Les guides spirituels de Godard, Roberto Rossellini et Jean Renoir, vont se détourner de l'industrie du cinéma-spectacle pour l'écriture télévisuelle : *Le Testament du docteur Cordelier* (1961), *L'Age du fer* (1965).

C'est dans ce contexte du déclin du cinéma classique, de la fin d'une époque du cinéma, que Godard conçoit son adaptation du roman de Moravia.

Le cinéma est donc à un moment de transition. De nouvelles formes vont faire éclater les structures traditionnelles de récit. Les écoles réalistes vont radicaliser leur démarche en Grande-Bretagne avec le « Free cinéma », aux USA et au Canada avec le cinéma direct de Richard Leackock et de Pierre Perrault, mais aussi avec les premiers films de John Cassavetes. Un peu partout dans le monde, de nouveaux cinéastes sont en train d'explorer des styles cinématographiques jusqu'alors inconnus, liant le réalisme à la redécouverte du montage et de l'esthétique baroque, comme dans l'œuvre brésilienne de Glauber Rocha : *Le Dieu noir et le Diable blond* (1964). Le « cinéma de poésie », pour reprendre l'expression de Pier Paolo Pasolini, écrit et réalisé à la première personne, s'épanouit jusqu'en Pologne comme en témoigne un cinéaste aussi novateur que Jerzy Skoli-

mowski, jeune cinéaste dont le talent sera immédiatement salué par Godard.

En Italie, la forte personnalité de Michelangelo Antonioni met en avant une autre forme de dramaturgie cinématographique avec *Le Cri* (1957), *L'Avventura* (1960) et *La Nuit* (1961). On y voit une tout autre conception du « héros », de l'action et du temps psychologique. Le réalisateur situe son univers cinématographique dans l'héritage du roman moderne des années 50 et 60, descriptif et antipsychologique. Tournant en Italie une adaptation de Moravia, auteur considéré par beaucoup comme le précurseur littéraire du thème cinématographique de « l'incommunicabilité », Godard se souviendra de l'île de *L'Avventura* avec ses rochers perdus, et des longues séquences de malentendu conjugal de *La Nuit*, même si, comme nous le verrons plus loin, *Le Mépris* est avant tout un hommage au cinéma rossellinien et à *Voyage en Italie*, plus particulièrement.

Le cinéma français connaît également la tentation d'une nouvelle écriture marquée par les théories du nouveau roman, comme en témoignent les premiers films d'Alain Robbe-Grillet (*L'Immortelle*, 1963) et sa collaboration avec Alain Resnais (*L'Année dernière à Marienbad*, 1961). L'année du *Mépris*, Jean Cayrol et Alain Resnais vont s'associer pour écrire le film le plus novateur de cette direction esthétique, *Muriel ou le temps d'un retour*, que Godard admire et auquel il se réfère avec ses images « flashes » en montages courts, dans deux moments du *Mépris*. Dans le domaine des sciences humaines et de la théorie littéraire, on commence à évoquer le structuralisme, et les essais anthropologiques de Claude Lévi-Strauss atteignent un public beaucoup plus large que le cercle étroit des lecteurs professionnels.

Le projet esthétique du *Mépris* est entièrement déterminé par ce contexte de la fin du cinéma classique et l'émergence de nouvelles formes « révolutionnaires » de récit. C'est assurément un film moderne, dont l'écriture pouvait agresser le critique habitué à des formes plus traditionnelles de montage. Mais c'est un film moderne dans lequel la tentation du classicisme pointe à tous moments. C'est, comme l'ont remarqué de nombreux commentateurs, le film le plus « classique », c'est-à-dire le plus linéaire et le plus narratif, des œuvres de Godard des années 60, le film où la fidélité à l'œuvre romanesque adaptée demeure assez explicite, correspondant en cela au modèle hollywoodien de l'adaptation littéraire (fidélité à la trame narrative la plus visible).

GENÈSE DU FILM

Comme nous l'avons vu dans la notice biographique de l'auteur, *Il Disprezzo* (*Le Mépris*) est le neuvième roman d'Alberto Moravia; il est paru en 1954 et sa traduction française en 1955.

Nul doute que Godard, en raison de son admiration pour l'auteur, fut l'un des premiers lecteurs du roman. Et cela, d'autant plus que celui-ci se déroulant dans le milieu du cinéma italien des années 50, est raconté par un scénariste-écrivain de théâtre, Riccardo Molteni, aux prises avec un producteur, Battista, et un metteur en scène, émigré allemand, Rheingold.

Le Mépris offrait à Godard la possibilité de parler directement du monde du cinéma, de développer ses propres conceptions concernant la création cinématographique, le statut d'auteur de film, ses rapports avec les producteurs, tous points qu'il avait abordés quand il était critique et que l'on retrouvait de manière plus indirecte dans ses premiers longs métrages. D'emblée, l'œuvre de Godard fut autoréflexive et tous ses films parlent d'une manière ou d'une autre du cinéma, comme le confirme avec évidence la séquence des *Carabiniers* où l'on voit le jeune paysan aller pour la première fois dans une salle de cinéma.

Au début des années 60, Moravia est un auteur très célèbre. Cinq de ses romans ou nouvelles ont déjà fait l'objet d'adaptations cinématographiques: *La Provinciale* (Mario Soldati, 1953), *La Belle Romaine* (Luigi Zampa, 1954), *Nouvelles romaines* (Gianni Franciolini, 1955), et surtout *La Ciociara* (Vittorio De Sica, 1960) avec Sophia Loren, qui eut un grand succès international, puis *Agostino* (Mauro Bolognini, 1962). En 1963, l'année du *Mépris*, le cinéma italien adapte également *La Corruption* (Mauro Bolognini), *Les Indifférents* (Francesco Maselli) et *L'Ennui* (Damiano Damiani). Sept ans plus tard, Bernardo Bertolucci adaptera *Le Conformiste* (1970).

Carlo Ponti, vieux routier de la production italienne, associé à Georges de Beauregard au sein de la société Rome-Paris-Films, possédait les droits d'adaptation cinématographique du roman de Moravia. Il a débuté en 1940, a travaillé pour la Lux Film, a financé plusieurs œuvres marquantes du néoréalisme de l'après-guerre (films d'Alberto Lattuada, Luigi Zampa, Pietro Germi, Luigi Comencini, etc.).

Dans le roman de Moravia, Battista, le producteur italien dont le parcours historique est parallèle à celui de Ponti, produit une adaptation de l'*Odyssée* pour un film à grand spectacle («Une mascarade en technicolor, avec femmes nues, King Kong, danses du ventre, exposition de seins, monstres en carton pâte, mannequins...!» s'insurge l'intransigeant Molteni lors d'une discussion enflammée avec Rheingold). Sa description correspond assez bien à l'*Ulysse* de Mario Camerini, immense succès international de l'année 1954, avec Kirk Douglas dans le rôle d'Ulysse.

Ponti commence une carrière de producteur américain à la Paramount à partir de 1957. Au début des années 60, associé à Beauregard, il va contribuer au renouvellement des cinémas italien et français en produisant Godard, Melville, Ferreri, Rosi. En 1963, il vient de coproduire *Une femme est une femme* et *Les Carabiniers*.

Georges de Beauregard est depuis *A bout de souffle* le producteur attitré de Godard; il est même jusqu'à un certain point son ami. Une photo de «l'album de famille» (Alain Bergala, 1985) le montre témoin du mariage de Godard et d'Anna Karina, en mars 1962, en compagnie de J.-P. Melville (Lang dira dans le film, qu'un réalisateur a besoin d'un producteur qui soit un ami, alors que Prokosch n'est qu'un dictateur). Beauregard (né à Marseille en 1920) a débuté dans la distribution et l'exportation de films. Il a commencé sa carrière en Espagne avec deux longs mé-

trages de Juan Antonio Bardem: *Mort d'un cycliste* (1955) et *Grand-rue* (1956). En France, il fera débuter Pierre Schoendoerffer dans deux adaptations de Pierre Loti, *Ramuntcho* (1958) et *Pêcheurs d'Islande* (1959). Godard fait la connaissance du producteur à cette occasion, en travaillant aux dialogues des adaptations de Loti.

Le triomphe d'*A bout de souffle*, alors que sa société était au bord de la faillite, rétablit la situation financière de Beauregard et lui permettra de produire une vingtaine de longs métrages de premier plan dans les années 60. En 1963, il a produit tous les longs métrages de Godard à l'exception de *Vivre sa vie* (produit par Pierre Braunberger). Au moment du montage financier du *Mépris*, l'accord de principe de Brigitte Bardot donne un tout autre statut à la production, multipliant par dix son budget: il atteint 500 millions de francs (anciens francs) alors qu'*A bout de souffle* n'en avait coûté qu'une quarantaine.

La présence de Bardot amène un troisième partenaire financier qui va s'associer à l'entreprise: le producteur américain Joseph E. Levine. Celui-ci (né à Boston en 1905) ne correspond pas tout à fait à l'image de la brute financière inculte que Godard a colportée à l'époque de ses démêlés avec lui.

Levine est d'abord un exploitant, un directeur de salles en 1938. qui rachète un circuit au centre des États-Unis, et distribue au début des années 50 des films européens. Il produira à partir de 1958 des films comme *La Loi* (Jules Dassin, 1958), *Le Monde fabuleux de Jules Verne* (1960), *Le Voleur de Bagdad* (Arthur Lubin, 1961) mais aussi des films nettement plus ambitieux comme *Le Lit conjugal* (1962) de Marco Ferreri et *Huit et demi* (1962) de Federico Fellini. L'année du *Mépris*, il produira *Les Ambitieux* d'Edward Dmytryk et *Le Mari de la femme à barbe* de Marco Ferreri.

Le personnage de Prokosch dans *Le Mépris* a été conçu par Godard comme un frère de Levine et de Ponti. Le producteur américain est même cité directement dans le dialogue lorsque Francesca dit à Prokosch au plan 146 (sur le bateau de Capri): «*Jerry, Joe Levine is calling at once from New York.*»

Budget et tournage

Les cinq premiers longs métrages de Godard étaient pour les standards de production de très petits budgets. Godard, comme certains de ses collègues critiques des *Cahiers*, parlait souvent de son rêve: mettre en scène une grosse production à l'américaine sur un plateau hollywoodien. Quinze ans après le tournage, lors de ses conférences à Montréal, il précisera à propos du *Mépris*: «C'est un film de commande qui m'a intéressé. C'est la seule fois où j'avais l'impression de pouvoir faire un grand film à grand budget. En fait, c'était un petit budget pour le film car tout l'argent était à Bardot, à Fritz Lang et à Jack Palance. Et puis, il restait un peu plus du double de ce que j'avais pour les films habituels, il restait 200 000 dollars, ce qui pour moi était beaucoup à l'époque, mais pas énorme pour un grand film. Et puis, c'était d'après un roman qui existait, c'était un roman qui m'avait plu, un peu, un roman de Moravia. Et puis moi, j'avais un contrat avec Ponti qui ne voulait pas tourner avec moi, puis une fois Bardot m'avait demandé... Et quand je lui avais dit que Bardot voulait bien, lui avait bien voulu. En fait, le film a été un grand échec.»

Les témoignages de Godard concernant le roman sont parfois contradictoires. Il déclare à Yvonne Baby dans *Le Monde* du 20 décembre 1963: «Il y avait longtemps que j'avais lu le livre. Le sujet m'avait beaucoup plu et comme je devais faire un film pour Carlo Ponti, je lui ai proposé d'adapter *Le Mépris* et de le suivre chapitre par chapitre. Il a dit oui, puis non, par peur, et quand je lui ai suggéré d'engager Kim Novak et Frank Sinatra, il a refusé: il préférait Sophia Loren et Marcello Mastroianni. Je ne voulais pas, nous en sommes restés là jusqu'à ce que j'apprenne que Brigitte Bardot s'intéressait au projet et acceptait de travailler avec moi. Grâce à elle, tout a semblé soudain facile, tout le monde était

17

ravi, y compris les Américains, ou plus précisément Joe Levine, qui finançait en partie l'affaire et à qui Ponti avait affirmé que le film serait "très commercial". Nous avons donc tourné librement pendant six semaines en Italie. »

Il déclarait par ailleurs à Jean-André Fieschi : « Le roman de Moravia est un vulgaire et joli roman de gare, plein de sentiments classiques et désuets, en dépit de la modernité des situations. Mais c'est avec ce genre de roman que l'on tourne souvent de beaux films » (*Cahiers du cinéma*, no 146, août 1963).

Sur le budget d'environ 500 millions de francs de l'époque, le cachet de Bardot fut de la moitié, selon Charles Bistch, premier assistant-réalisateur de Godard. Les autres acteurs furent rémunérés sur ce qu'il restait pour le budget général du film.

Le tournage de *L'Odyssée* de Lang que montre le film donne une idée assez juste des conditions de tournage du *Mépris*; c'est dire leur modestie. Il y eut 32 jours de tournage réels, soit un peu plus que pour les films antérieurs de Godard mais assez peu pour une grosse production de 1963 dont le tournage s'étallait souvent sur 8 à 12 semaines. Godard a des stars, dont la star française la plus chère du moment et un acteur américain d'un certain standing professionnel. Cependant la distribution se limite à cinq acteurs

auxquels s'ajoute une très maigre figuration, dont lui-même en assistant de Lang. Dans un certain sens, *Le Mépris* apparaît bien comme l'histoire de « naufragés du monde occidental, des rescapés du naufrage de la modernité, qui abordent un jour, à l'image des héros de Verne et de Stevenson, sur une île déserte et mystérieuse, dont le mystère est inéxorablement l'absence de mystère, c'est-à-dire la vérité » (Godard, 1963).

Tous les décors du film sont naturels : les studios déserts de Cinecittà sont en fait ceux de la Titanus quelques jours avant leur démolition. La villa de la via Appia Antica, où habite Prokosch, dans la banlieue de Rome, avait été louée initialement pour loger Bardot qui préféra un appartement plus central. Elle servit à loger l'équipe de tournage. L'appartement de Paul et Camille est un appartement neuf qui n'était pas encore vendu à ses futurs propriétaires. Le Silver Cine est une modeste salle de banlieue qui faisait relâche certains jours et permettait à l'équipe de tourner sans trop de frais. La chanteuse était l'attraction programmée à l'entracte, comme dans beaucoup de salles populaires italiennes des années 60. La villa de Capri est celle de Curzio Malaparte, alors sous scellés car l'écrivain l'avait offerte en héritage, à la grande fureur de sa famille légitime, au gouvernement de la Chine populaire, afin d'y accueillir les

18

écrivains chinois à la retraite. La production italienne avait alors trouvé une solution pour la faire ouvrir quelques jours pour le tournage (C. Bitsch, 1990).

Pour ce film, Godard rédigea un scénario très précis dont il existe quatre versions différentes : deux synopsis d'une dizaine de pages (que nous numérotons 1 et 2) prévoyant une quinzaine de séquences, un découpage séquentiel de 69 pages avec treize séquences et des éléments de dialogue (3), une continuité dialoguée de 104 pages, toujours avec treize séquences, et une grande partie des dialogues définitifs, notamment ceux de la querelle conjugale (4). Cela permet d'infirmer sérieusement la légende de Godard improvisateur, apportant ses dialogues griffonnés sur un papier quelques instants avant les prises. Cette remarque n'est pas propre à la réalisation du *Mépris*, en raison des conditions de production du film. Un film aussi apparemment libre et « improvisé » que *Les Carabiniers* avait été également « scénarisé » en détails comme nous avons pu le constater sur des documents de travail conservés par Agnès Guillemot, monteuse du film.

Les péripéties postérieures au premier montage

Le montage du film était terminé à la fin de l'été 63 et le film sur le point d'être sélectionné au festival de Venise, en septembre.

« J'ai montré le film à Ponti. Il lui a plu, il l'a trouvé un peu plus normal que ce que je fais d'habitude. Ce n'était pas l'avis des Américains : "C'est très artistique, ont-ils déclaré plus tard à Paris, mais pas commercial et il faut changer." Ponti m'a alors demandé de rajouter une scène, il ne savait pas quoi, moi non plus, simplement je ne pouvais pas et je disais : "Je retire mon nom et faites ce que vous voulez." Le temps a passé, quelques mois après, les Américains se sont plaints de perdre de l'argent. Dans leur chambre de palace — vous voyez que les clichés les plus usés sont parfois vrais —, ils pleuraient presque afin d'obtenir deux scènes de plus et l'une où l'on verrait Michel Piccoli et Brigitte Bardot dénudés. Ils voulaient une scène d'amour qui ouvre le film et qui, en quelque sorte, explique et justifie le mépris.

« Au fond, ajoute Godard pensif, les Américains se sont rendu compte qu'ils avaient payé Brigitte Bardot plus cher qu'elle n'allait peut-être leur rapporter, dans un film "spécial" adaptant un roman difficile. Les ennuis ne sont pas venus de Brigitte Bardot — dès le départ, elle a assumé les risques qu'elle avait pris et elle m'a toujours soutenu —, mais de ce qu'elle représente aujourd'hui dans le cinéma et dans l'industrie. Cela dit, quand j'ai téléphoné aux Américains qu'ils avaient "leur" scène, ils étaient très contents, c'était comme si je leur donnais un cadeau de Noël...» (Godard, 1963).

Après une série de discussions virulentes et d'échange de lettres recommandées pendant tout le mois d'octobre, Godard tourna effectivement trois séquences supplémentaires. Il s'agit de la première séquence du film (plan 5 de notre découpage, avec le célèbre dialogue amoureux entre Camille et Paul), d'une suite de plans «flashes» que l'on retrouve dans le montage court de la scène centrale du film (plans 110 à 119 du montage final) et enfin d'une scène représentant Camille et Prokosch dans une chambre de la villa de Capri, Camille étendue sur un lit, Prokosch la regardant remettre ses vêtements (scène qui ne figure pas dans le montage final).

En fait, les concessions accordées par Godard à la production américaine lui ont permis de réintégrer des scènes prévues au niveau du synopsis ou du scénario, puis ultérieurement abandonnées.

Dans *Le Monde*, Yvonne Baby demanda à Godard s'il regrettait d'avoir tourné la scène initiale : « Pas du tout. Le fait de la nudité n'allait pas contre le film qui n'est pas érotique, au contraire. Que Brigitte Bardot soit ainsi montrée au début de l'histoire, c'était possible, c'est normal puisque, à ce moment-là, elle est celle qui, à l'écran, se déshabille ; elle n'est pas encore Camille, l'épouse touchante, intelligente et sincère du scénariste Paul Javal qui quelque part — et c'est une coïncidence — dit à peu près ceci : "Dans la vie on voit les femmes habillées, et au cinéma on les voit nues." Dans d'autres conditions, j'aurais refusé cette scène, mais ici, je l'ai faite d'une certaine couleur, je l'ai éclairée en rouge et en bleu pour qu'elle devienne autre chose, pour qu'elle ait un aspect plus irréel, plus profond, plus grave que simplement Brigitte Bardot sur un lit. J'ai voulu la transfigurer parce que le cinéma peut et doit transfigurer le réel. »

CARRIÈRE DU FILM
ET RÉCEPTION CRITIQUE

Le film sort à Paris le 27 décembre 1963. Il est distribué par Cocinor en exclusivité dans un circuit de cinq salles. La fréquentation est de 2 863 places le premier jour. Le film va rester neuf semaines à l'affiche à Paris et totaliser 234 374 entrées (en exclusivité parisienne). Il fera 143 704 entrées dans les sept villes clefs de province, selon les statistiques du C.N.C. C'est évidemment un bon résultat commercial pour un film de Godard. Mais pour un film avec Brigitte Bardot en vedette, c'est un chiffre moyen.

Certes, *Le Mépris* n'atteint pas les scores exceptionnels de *La Vérité* et du *Repos du guerrier*, mais il figure au septième rang des meilleurs recettes des films français de l'année 1963.

Comme pour tous les films antérieurs du réalisateur, l'accueil critique est très mitigé, même si, dans l'ensemble, l'opinion est un peu plus favorable, essentiellement en raison de la relative réussite de l'intégration de Bardot dans l'univers godardien. Plusieurs journaux ont témoigné des problèmes rencontrés par Godard auprès des producteurs, de sa querelle avec Joe Levine et Carlo Ponti.

Les interventions des écrivains Louis Aragon, Claude Ollier, révèlent l'intérêt que la démarche de Godard suscite dans le champ d'autres pratiques artistiques. C'est un phénomène que l'on retrouvera ultérieurement, Godard étant mieux compris des autres créateurs que du milieu étroit de la critique cinématographique

---

(Nous ne traiterons ici que de la version distribuée en France, reconnue et signée par Godard. Une version italienne reniée par l'auteur et remaniée sous la responsabilité de Carlo Ponti comprend une autre musique de film et un montage différent. Plus grave encore, tous les personnages sont doublés en italien, ce qui détruit totalement le thème de l'incommunicabilité linguistique, fondamental chez Godard, et rend incompréhensible et ridicule le personnage de Francesca qui répète dans la même langue ce que disent les autres protagonistes.

La version déposée à la Cinémathèque Suisse présente un générique avec des cartons écrits et ne comprend pas la séquence initiale, avec Camille et Paul sur leur lit conjugal. D'autres versions existent peut-être aux États-Unis. Ce phénomène est hélas beaucoup plus fréquent qu'on ne pourrait le croire en raison du statut purement « marchand » de l'œuvre cinématographique, remaniable suivant les impératifs du diffuseur.)

(voir sur ce point les témoignages recueillis dans *L'Effet Godard*, Milan, 1989).

La presse est en effet loin d'être unanime. Le bataillon des «godardophobes» rassemble les critiques du *Figaro*, du *Canard enchaîné*, de *Candide*, de *Paris-Presse*, de *Carrefour*, etc., qui venaient tous d'éreinter *Les Carabiniers*.

Le critique de *Candide* intitule sa rubrique : « Ils sont tous d'accord, il est excécrable ce chef-d'œuvre » (16 janvier 1964).

La critique des mensuels spécialisés reflète ces divisions et réserves. Dans *Cinéma 64*, René Gilson donne une vision très favorable du film, mais la rédaction tient à préciser que c'est la première fois qu'un film obtient en même temps la cote du chef-d'œuvre et celle de la nullité. Un débat contradictoire est publié et voit s'affronter Jean Collet, grand admirateur du film, Pierre Billard, plus réservé, et Pierre Philippe et Philippe Esnault, franchement hostiles (*Cinéma 64*, n° 83, février 1964).

Dans le traditionnel palmarès des meilleurs films de l'année 1963, le film figure bien entendu dans la liste des rédacteurs et des lecteurs des *Cahiers du cinéma*. Pour les rédacteurs, il est même au premier rang.

Le Mépris sera réédité en octobre 1981 et sera distribué dans six salles. Il réalisera près de 70 000 entrées, en quatorze semaines d'exploitation, ce qui est exceptionnel pour une réédition de ce type. La critique sera à peu près unanime dans les appréciations favorables; il s'agit d'une nouvelle génération dont le goût à été formé par les films de Godard dans les années 60, et pour qui *Le Mépris* est un film-phare.

Le film connaîtra ensuite une édition en cassette vidéo et des rediffusions télévisées assez régulières. Il sera alors qualifié par Jacques Siclier d'œuvre majeure du cinéma français des années 60.

Jean Collet, le plus chaud partisan du *Mépris*, avec Jean-Louis Bory, est le premier auteur à avoir consacré une monographie critique au réalisateur dès 1963.

Cette étude restera longtemps la seule monographie du cinéaste. Il faudra attendre les années 80, avec la sortie de *Sauve qui peut (la vie)*, et le retour de Godard au cinéma distribué en salles commerciales, pour voir réapparaître les numéros spéciaux «Godard» des *Cahiers du Cinéma* (n° 300, mai 1979), d'*Art Press* (déc. 1984, janv.-févr. 1985), puis de la *Revue belge du cinéma* (été 1986), de *CinémAction* (juillet 1989) et les nouvelles monographies de Raymond Lefèvre chez Édilig (1983), de Marc Cerisuelo chez Lherminier-Quatre vents (1989) et de Jean-Luc Douin chez Rivages (1989), et pour que la critique accorde enfin à Godard la place qu'il mérite dans l'expression artistique de notre temps.

L'HISTOIRE EN BREF

Paul Javal, écrivain de théâtre d'environ 35 ans, est marié à une belle jeune femme, Camille, ancienne dactylo. Ils s'aiment. A Rome, au studio de Cinecittà, Paul, qui a des besoins d'argent pour payer l'appartement neuf qu'il vient d'acheter, est engagé par un producteur américain Jérémie Prokosch afin de remanier dans un sens plus commercial une version cinématographique de l'*Odyssée* qu'un vieux cinéaste allemand, Fritz Lang, est en train d'achever. Une traductrice, Francesca Vanini, accompagne les personnages car ils ne parlent pas la même langue. Le producteur propose au couple d'aller prendre un verre chez lui. Paul pousse maladroitement son épouse à monter dans l'Alfa-Roméo de Prokosch pendant qu'il prendra un taxi. Ils se retrouvent dans la villa romaine de Prokosch et Paul s'empêtre dans des explications confuses concernant son retard. Il se permettra une familiarité déplacée avec l'interprète, geste qui sera vu par Camille. Ils rentrent chez eux. S'ensuit une longue scène conjugale, fondée sur la maladresse de Paul et le désir de Camille de lui faire assumer ses décisions (accepter le scénario, aller à Capri à l'invitation de Prokosch). La scène sera interrompue par deux appels téléphoniques, l'un de la mère de Camille, l'autre de Prokosch. Le couple est alors au bord de la rupture.

Ils se dirigent ensuite vers une salle de cinéma pour rejoindre Lang, Francesca et Prokosch et voir une chanteuse susceptible d'interpréter le rôle de Nausicaa. Paul soutient Prokosch dans son interprétation «psychanalysante» de l'*Odyssée*, alors que Lang manifeste son désaccord complet.

Ils se retrouvent tous à Capri. L'équipe de tournage, observée par Camille et Paul, réalise un plan du film, l'épisode du cyclope. Paul, une fois encore, insiste pour que Camille rentre à la villa de Prokosch en bateau, avec le producteur, pendant qu'il reviendra à pied avec Lang pour discuter de l'*Odyssée*. Lorsqu'il arrive à la villa, Paul surprend un baiser que donne ostensiblement Camille à Prokosch. Paul décide alors de refuser d'écrire le scénario, mais il est trop tard. Après une dernière tentative d'explication, Camille part avec Prokosch qui rentre à Rome en Alfa-Romeo. Mais ils meurent tous les deux dans un accident. Paul fait ses adieux à Lang qui termine son tournage dans la plus totale sérénité.

Du roman
au film

OMME nous l'avons vu, Jean-Luc Godard avait lu avec beaucoup d'intérêt le roman de Moravia après sa parution en France. C'était même un familier de l'œuvre romanesque de l'auteur.

Alberto Moravia, un écrivain engagé

Alberto Moravia (1907-1990), pseudonyme d'Alberto Pincherle, est né à Rome où son père, Juif d'origine vénitienne, exerce le métier d'architecte. On notera que le cinéaste du *Mépris*, Rheingold, correspond assez bien à la caricature de l'intellectuel judéo-allemand vue par un Italien. Il est curieux que Moravia s'interdise de dire dans le livre qu'il est expressément juif.

Moravia publie son premier roman très jeune, en 1929. *Les Indifférents* obtient un succès de scandale car l'auteur y critique avec virulence une certaine bourgeoisie. Dans les années 30, Moravia est journaliste et fait de nombreux reportages à l'étranger (États-Unis, Chine, Grèce, Mexique). En 1939, les lois raciales antisémites du gouvernement fasciste l'obligent à cesser sa collaboration à *La Gazzetta del Popolo*. Il fait de nombreux séjours à Capri dans les années 40. En 1941, il épouse la romancière Elsa Morante et passe les derniers mois de 1943 dans la clandestinité.

A partir de 1947, Moravia reprend ses activités de journaliste et est scénariste de nombreux films italiens. Il publie *La Romaine* la même année, son premier grand succès commercial. En 1953, il fonde la revue littéraire *Nuovi Argomenti*. Pier Paolo Pasolini y collaborera et deviendra l'un de ses amis proches. L'année suivante, après avoir suivi les préparatifs du tournage d'*Ulysse* de Mario Camerini, il écrit *Le Mépris*. En 1955, Moravia débute une collaboration régulière à l'*Espresso* où il tient la rubrique cinématographique. Ses articles seront republiés en Italie en 1975 sous le titre *Al cinema* (traduction française : *Trente ans au cinéma*). A partir de 1953, ses romans sont adaptés au cinéma et contribuent à lancer l'actrice Gina Lollobrigida, héroïne de *La Marchande d'amour* (Mario Soldati, 1953) et de *La Belle Romaine* (Luigi Zampa, 1954).

L'œuvre de Moravia est considérée comme le point de départ d'une littérature engagée dans une exploration critique de la société italienne. Son principal personnage est souvent un intellectuel bourgeois, à la fois lucide et impuissant qui exprime, bien avant *La Nausée* de Sartre et *L'Étranger* de Camus, une certaine inquiétude existentielle. Incapable d'agir et coupable de ne pas agir, il poursuit sans relâche un vain effort pour s'adapter à un monde qui le fuit. L'ennui et l'indifférence à vivre sont des thèmes centraux de l'univers moravien. « Richard, le narrateur du *Mépris*, est en 1954 le premier de ces intellectuels en crise qui peupleront le roman et plus encore le cinéma italien des années 60, surtout celui d'Antonioni, de *L'Avventura* (1960) à *L'Éclipse* (1962), dont l'impuissance créatrice porte le masque de l'échec sentimental, ce qui correspond au sujet même de *La Nuit* (1961). Richard est le premier héros de l'"incommuni-cabilité" dont Moravia expérimente le malaise et les symptômes, avec une précocité qu'il a toujours revendiquée comme première qualité de son œuvre, depuis l'existentia-lisme prophétique des *Indifférents* » (J.-M. Gardair, Préface à l'édition Garnier-Flammarion, 1989). C'est pourquoi on a pu également voir dans l'œuvre de Moravia un terrain privilégié d'application des thèses du critique marxiste Georges Lukács sur la théorie du roman et du « réalisme critique ».

L'une des sources proches du *Mépris*, outre l'expérience du monde cinématographique que possédait Moravia en 1954, est certainement le sujet du film de Roberto Rossellini,

Voyage en Italie (1954), dont les affiches figureront avec évidence dans le film de Godard. Dans les deux cas, il s'agit de l'histoire d'un couple en crise qui fait un long séjour dans le sud de l'Italie, en sort réconcilié dans la version évangélique de Rossellini, brisé dans celle de Moravia. L'auteur commence à écrire son roman au moment de la sortie du film en Italie et, par une troublante coïncidence relevée par Jean-Michel Gardair, le scénariste de *Voyage en Italie* est le romancier sicilien Vitaliano Brancati, auteur du *Bel Antonio*. Brancati avouera à Moravia avoir reconnu son propre drame dans le sujet du *Mépris*: «Dans *Le Mépris*, tu as raconté mon histoire. Je suis un écrivain qui voulait faire du théâtre, et je me suis mis à écrire des scénarios parce que ma femme voulait une maison à elle. Le jour où j'ai réussi à la lui acheter, cette maison, elle m'a plaqué» (cité par J.-M. Gardair).

La question de l'adaptation

Godard, en adaptant Moravia, aura pour objectif de revenir à la matrice rossellinienne, d'où la longue scène de ménage de son film, en référence aux séquences thématiquement semblables de *Voyage en Italie*; et plus encore, la présence de simulacres de statues des dieux filmées en longs panoramiques, comme étaient filmées les magnifiques statues du Musée de Naples dans le film de Rossellini. Stylistiquement, Godard opte pour Rossellini contre Antonioni, c'est-à-dire pour une écriture à la fois réaliste et lyrique, fondée sur la liberté de jeu de l'acteur. C'est dans ce sens qu'il faut comprendre les célèbres aphorismes de l'auteur lorsqu'il déclarait: «J'ai gardé la matière principale (du roman) et simplement transformé quelques détails en partant du principe que ce qui est filmé est automatiquement différent de ce qui est écrit, donc original (phrase attribuée à Lang dans le film). (...) Quelques détails ai-je dit, par exemple la transformation du héros qui, du livre à l'écran, passe de la fausse aventure à la vraie, de la veulerie antonionienne à la dignité laramiesque» (Godard, 1963). Dans la présentation de son scénario, Godard développe ses principes de mise en scène et conclut: «On obtiendra ainsi, je l'espère, les sentiments personnels des personnages par rapport au monde et aux autres — ce sentiment physique que l'on a de son existence en face d'autrui — et on obtiendra en même temps la vérité externe de leurs faits et gestes, de leurs rapports entre eux, bref, de leur histoire ou aventure. En somme, ce qu'il s'agit de faire, c'est de réussir un film d'Antonioni, c'est-à-dire de le tourner comme un film de Hawks ou de Hitchcock. »

Le Mépris de Moravia se présente comme un récit introspectif écrit à la première personne. Il est divisé en vingt-trois chapitres courts, nombre qui correspond d'ailleurs à celui des séquences d'un film de structure classique — rappelons que Godard avait indiqué à Carlo Ponti qu'il envisageait d'adapter le roman chapitre par chapitre. Ces vingt-trois chapitres se distribuent en deux grandes parties sensiblement égales: la première à Rome dure neuf mois, d'octobre à juin, et englobe deux années de rappels du passé du couple, la seconde à Capri dure trois jours et deux nuits. Les onze premiers chapitres adoptent une écriture logico-psychologique, de caractère déductif et analytique; la seconde est beaucoup plus métaphysique et fantasmatique. De ces passages oniriques, il ne reste dans le film que le plan où l'on voit Paul assoupi, et écoutant comme dans un rêve la voix de Camille lui lire son message d'adieu.

Le narrateur Richard Molteni se présente ainsi: « Jusqu'alors, je m'étais considéré comme un intellectuel, un homme cultivé et un écrivain de théâtre, genre d'art pour lequel j'avais toujours nourri une grande passion et auquel je croyais être porté par une vocation innée » (chap. 3). Après avoir décidé l'achat d'un appartement à crédit, il rencontre providentiellement Battista, un producteur italien de films commerciaux. Molteni accepte de travailler pour lui pour des raisons alimentaires: «J'espérais faire quatre ou cinq scénarios pour payer notre appartement et puis revenir ensuite au journalisme et à mon cher théâtre. » Ce n'est qu'au huitième chapitre, après 80 pages de récit au cours desquelles Molteni remanie deux scénarios, qu'il se voit proposer par Battista une collaboration avec un réalisateur allemand, Rheingold, pour une production historique plus ambitieuse, une adaptation à grand spectacle de l'*Odyssée*.

Le récit de Moravia s'étale donc sur plusieurs mois. Il est

27

centré sur la dégradation progressive du couple Richard-Émilie (nom de la femme chez Moravia), dégradation décrite par de longs développements analytiques manifestant une certaine complaisance du narrateur, ce que sans doute Godard qualifie de «veulerie antonionienne».

Les discussions sur l'état du cinéma occupent une part assez modeste dans la première partie. Dans la seconde, à Capri, de longs débats théoriques opposent Rheingold à Molteni. Le réalisateur allemand défend une interprétation de caractère psychanalytique du retard du retour d'Ulysse, alors que Molteni s'y oppose violemment au nom d'une fidélité intransigeante au modèle homérique. Mais cette lecture de l'*Odyssée* influence petit à petit le narrateur qui rapproche sa situation conjugale de celle du couple homérique, transformant Émilie en figure de Pénélope (photo 2). Comme nous allons le voir, Godard inverse les thèses des deux personnages, offrant au réalisateur Fritz Lang le bénéfice de la fidélité à la version classique.

L'adaptation opérée par Godard reprend les principaux épisodes narratifs du récit initial. La plupart des scènes clefs figurent chez Moravia: l'épisode de la voiture rouge de Battista qui véhicule deux fois Émilie, au début du récit pendant que Molteni va prendre un taxi, puis lors du départ à Capri, au cours duquel Molteni escorte Rheingold pendant que Battista fait le trajet avec sa femme. Mais Godard se livre à plusieurs modifications fondamentales:

2

1. Il condense le récit en deux journées, la première à Rome, la seconde à Capri. Les événements s'enchaînent inexorablement avec beaucoup plus de brutalité, transformant la structure romanesque en tragédie. Nous analyserons cette condensation dans la partie consacrée à la structure dramatique.

2. Il modifie complètement la nationalité des protagonistes. L'action est toujours située à Rome et à Capri, mais le seul personnage italien sera celui de la traductrice, que Godard crée de toutes pièces, à partir de la silhouette fugitive d'une secrétaire qu'embrasse Molteni dans le roman (Francesca Vanini, au patronyme stendhalo-rossellinien pour afficher ses références). Certes, le cinéaste est toujours allemand, mais Rheingold, qui possédait quelques traits de G. W. Pabst chez Moravia, devient Fritz Lang, qui interprète son propre rôle. Battista, figure de Carlo Ponti chez Moravia, devient Jérémie Prokosch, producteur américain de la génération des années 50, celle des fossoyeurs du vieil Hollywood. Richard et Émilie ne sont plus italiens mais français, vivant à Rome « depuis leur mariage » précise le scénario ; « ce mariage s'est effectué après quelques semaines de vacances romaines de Camille ». Riccardo est rebaptisé Paul, et Émilie sera Camille, le patronyme Molteni devenant Javal.

3. Godard attribue donc à Lang la thèse de la fidélité à Homère et fait du scénariste-adaptateur le complice du producteur dans son opération de commercialisation spectaculaire de l'épopée, transformée en drame passionnel à ressort psychanalytique (dans une version très hollywoodienne des thèses de Freud, partiellement reprise de l'adaptation à la base du scénario du film de Camerini). Il ajoute des références culturelles nouvelles, notamment à Hölderlin, tout en gardant celles que Moravia proposait concernant Dante et Homère, bien évidemment. Il supprime toutefois celles qui concernent Pétrarque dont le *Canzionere* structure tout le récit moravien et Giacomo Leopardi dont certains poèmes sont cités implicitement par Moravia, mais aussi James Joyce (*Ulysse*, cela va de soi) et O'Neill (*Le deuil sied à Électre*) dont discutent Rheingold et Molteni. Godard apportera surtout au film toutes les références à l'histoire classique du cinéma (Griffith, Chaplin, les Artistes Associés) et à la situation de l'industrie du cinéma au moment où se déroule la fiction : chez Moravia au milieu des années 50, avec une certaine indétermination ; chez Godard, très précisément au printemps 1963, après la sortie commerciale de *Psychose, Hatari!* et *Vanina Vanini*.

4. Dans le roman, Molteni est appelé par Battista pour élaborer avec Rheingold un projet de scénario adaptant l'*Odyssée*. Le film ne sera toujours pas commencé à la fin du roman, après la mort d'Émilie. Battista survit au récit alors que Godard fait mourir Prokosch avec Camille. Dans le film de Godard, Lang est en cours de tournage ; il visionne des rushes d'épisodes déjà enregistrés. Paul est appelé par Prokosch pour remanier le scénario d'un film déjà commencé, à la suite d'un conflit violent entre un auteur-réalisateur et un producteur tyrannique. Le roman d'un scénario devient le film d'un tournage. Ce tournage permet à l'auteur de représenter une équipe de réalisation au travail et de s'attribuer un rôle d'assistant du metteur en scène : « Il ne s'agit plus dans le film, d'un futur scénario auquel Paul doit participer, ou qu'il doit écrire seul, mais d'un film déjà presque terminé, dont le producteur n'est pas content, et dont il voudrait faire retourner quelques séquences. De voir quelques-unes de ces séquences, ou celles déjà tournées, donnera plus de "crédibilité" au "fait odysséen" et à son influence sur notre histoire. Ceci est important également quant au caractère de Paul puisque, contrairement au roman, il va défendre une conception romantique et nordique de l'*Odyssée*, il ne sera pas forcé d'y croire vraiment, mais il semblera logique qu'il le fasse, par désir de briller devant les autres, de s'affirmer » (Godard, *Scénario du Mépris*, 1963.)

Au fil
des séquences

Découpage du film

Cartons du titre. Plans 1 à 3 (16 s).
Générique parlé. Plan 4 (1 min 47 s).

Séquence 1 : Prologue. Plan 5 (3 min 7 s).
Intérieur, lumière artificielle. Un couple, Camille et Paul, allongé sur un lit. Camille interroge Paul qui lui répond laconiquement ; il lui déclare qu'il l'aime « totalement, tendrement, tragiquement ».

Séquence 2. Plans 6 à 9 (5 min).
Cinecittà, extérieur jour. Paul arrive dans une rue des studios de Cinecittà, il retrouve Francesca Vanini. Francesca amène Paul jusqu'au producteur Jérémie Prokosch et va lui traduire chacune de ses phrases. Ils partent ensuite vers une salle de projection ; Paul et Camille à pied, Jérémie en voiture de sport (une Alfa-Romeo rouge).

J'ai débuté la numérotation au premier carton du film (visa de contrôle n° 27.515), carton qui est d'ailleurs absent de certaines copies. Le premier plan du film, le générique parlé, est donc numéroté 4. Dans mes articles parus en 1986 et 1988 dans *La Revue belge*, j'avais initialement numéroté 01, 02, 03, les trois premiers cartons du générique et donc donné le chiffre 1 au générique parlé. D'où un écart de 3 chiffres entre les plans cités dans ces articles et la présente étude.
Les durées indiquées ici sont approximatives, à une ou deux secondes près ; elles ont été établies au chronomètre à partir d'une copie vidéo.

Séquence 3. Plans 10 à 40 (9 min 54 s).
Cinecittà, intérieur jour. L'intérieur de la salle de projection. Francesca, Paul et Jérémie retrouvent le metteur en scène Fritz Lang qui visionne des rushes de *L'Odyssée*. A la fin de la projection, Jérémie explose de colère et Lang garde un calme imperturbable. Prokosch propose un chèque à Paul afin qu'il remanie le scénario du film que réalise Lang. Paul met le chèque dans sa poche.

Séquence 4. Plans 41 à 49 (3 min 27 s).
Cinecittà, extérieur jour. Tous les personnages sont sortis de la salle de projection. Camille rejoint son mari qui la présente à Lang et à Prokosch. Celui-ci les invite à prendre un verre chez lui. Il insiste pour que Camille monte dans sa voiture pendant que Paul les rejoindra en taxi. Paul pousse sa femme à accepter. La statue de Neptune apparaît (plan 49).

Séquence 5. Plans 50 à 77 (4 min 38 s).
Villa de Prokosch, environs de Rome, extérieur jour. Paul rejoint Camille et Prokosch qui l'attendent dans les jardins de la villa. Paul explique les raisons de son retard, ses difficultés avec son taxi. Camille manifeste son mécontentement sous le regard ironique du producteur.

Séquence 6. Plans 78 à 79 (2 min 37 s).
Villa de Prokosch, intérieur. Paul est allé se laver les mains à l'intérieur. Il retrouve Francesca et lui raconte son histoire drôle pour la distraire, celle du disciple de Râmakrisna. Il lui donne une tape sur les fesses au moment où Camille entre dans la pièce. Paul retrouve Prokosch qui feuillette un livre sur la peinture romaine.

Séquence 7. Plans 80 à 83 (3 min 20 s).
Villa de Prokosch, extérieur jour. Les personnages discutent dans le jardin. Prokosch invite Camille et Paul à dîner. Camille refuse. Prokosch les invite alors à Capri. Paul expose à Prokosch ses goûts cinématographiques.
Camille et Paul sortent de la villa et marchent afin de trouver un taxi. La statue de Minerve apparaît (plan 83).

Séquence 8. Plans 84-85 (1 min). *Extérieur rue de Rome;* plans 86 à 128 (29 min 37 s): *Intérieur de l'appartement de Paul et Camille.*

Camille et Paul se dirigent vers leur immeuble. Paul regarde le programme des cinémas dans le journal.

On les retrouve dans l'appartement. Celui-ci est en cours d'aménagement. Ils vont prendre un bain à tour de rôle tout en discutant. Camille essaie une perruque brune qu'elle va porter pendant toute une partie de la séquence. Ils se demandent s'ils doivent accepter l'intivation de Prokosch pour Capri. Camille raconte à Paul l'histoire de l'âne Martin. Elle lui dit qu'il est un âne. Il la gifle. Ils discutent à nouveau de Jérémie et de son invitation. La mère de Camille appelle au téléphone. Paul répond d'abord puis passe l'appareil à Camille qui le chasse de la chambre. Camille annonce à Paul qu'elle veut dormir dorénavant sur le divan du salon. La querelle s'amplifie. Camille découvre dans la poche du pantalon de Paul une carte du parti communiste italien. Paul feuillette un livre portant sur les fresques romaines qui représentent des scènes érotiques. Il lit un passage du livre, puis rejoint Camille qui prend un bain en lisant un livre sur Fritz Lang. Paul demande à Camille si elle ne veut plus qu'ils fassent l'amour.

La séquence est alors interrompue (18 min 12 s après son début) par un montage court de plans qui représentent pour la plupart Camille nue; les voix de Camille et de Paul accompagnent le montage en alternance.

Paul va taper à la machine quelques lignes d'un roman policier.

Nouvel appel téléphonique, cette fois-ci de Prokosch qui réitère son invitation pour Capri. Paul décide d'aller rejoindre Prokosch et Lang dans un cinéma. Une nouvelle tentative d'explication intervient autour d'une lampe de table à l'abat-jour blanc. Paul harcèle Camille de questions. Il la retient brutalement quand elle se lève. Elle se débat en lui donnant des gifles. Ils sortent de l'appartement.

Paul, avant de sortir, récupère un revolver caché derrière des livres et saute dans un taxi où est déjà assise Camille (plans 129-130, 30 s).

Séquence 9. Plans 131 à 132 (20 s): *Extérieur nuit;* plans 133 à 140 (5 min 11 s): *Intérieur salle de cinéma* (photo 3) *puis extérieur devant la salle.*

Camille et Paul rejoignent Prokosch, Lang et Francesca qui sont venus observer une chanteuse afin de voir si elle convient pour le rôle de Nausicaa. Elle chante en play-back une chanson qui s'intitule *24 000 baci.* Prokosch développe sa conception de l'adaptation de l'*Odyssée*, radicalement différente de celle de Lang. Paul soutient Prokosch. Ils sortent et discutent un moment devant la salle (plan 140). Le film projeté est *Viaggio in Italia* dont on découvre très distinctement l'affiche. Prokosch insiste à nouveau pour inviter le couple à Capri.

Séquence 10. Plans 141 à 151 (3 min 52 s).
Capri, extérieur jour, sur un bateau. L'équipe de tournage de l'*Odyssée* se prépare à tourner un plan. Camille observe les préparatifs. Paul est assis dans un fauteuil. L'assistant organise le mouvement des figurants. Prokosch demande à Camille de rentrer avec lui jusqu'à la villa afin de laisser Paul discuter avec Lang sur le chemin du retour. Paul pousse Camille à accepter. Le hors-bord de Prokosch démarre. Apparition de la statue de Neptune (plan 151).

Séquence 11. Plans 152 à 154 (3 min 16 s).
Capri, extérieur jour, chemin de terre sous les arbres. Lang et Paul discutent en marchant, ils exposent leur conception différente de l'adaptation de l'*Odyssée*. Ils s'approchent de la villa. On distingue de très loin, au fond du champ, la silhouette de Camille sur la terrasse de la villa.

34

Séquence 12. Plans 155 à 158 (2 min 30 s).

Capri, terrasse et intérieur de la villa, en alternance. Camille debout sur la terrasse fait des grands signes de bras. Elle sort du champ sans croiser Paul qui apparaît quelques secondes après et l'appelle. Il la cherche. Camille et Prokosch sont assis sur le rebord d'une fenêtre de la villa. Camille embrasse Prokosch. Paul penché sur la terrasse les observe. Il descend brusquement les escaliers et croise Lang et Francesca.

Séquence 13. Plan 159 (4 min 10 s).

Capri, intérieur de la villa. Dans la salle de séjour de la villa (photo 4), les cinq protagonistes sont réunis. Paul explique alors à Jérémie avec véhémence qu'il ne veut plus remanier le scénario de *L'Odyssée*. Camille et Lang observent ironiquement l'attitude de Paul.

Séquence 14. Plans 160 à 168 (6 min 55 s).

Capri, extérieur jour, terrasse de la villa et escaliers. Paul sort de la villa et recherche Camille. Celle-ci, nue allongée sur le ventre, prend un bain de soleil sur le terrasse ; Paul tente encore une fois de s'expliquer. Camille se lève, enfile un peignoir jaune et descend les escaliers vers la mer. Paul la suit. Ils s'asseyent un moment au milieu des marches. Paul propose de faire les valises et de quitter la villa. Camille refuse de partir avec lui. Elle disparaît du champ et plonge dans la mer.

Ellipse. Paul est resté assoupi adossé contre les rochers. Il entend la voix de Camille qui lui annonce son départ.

Séquence 15. Plans 169 à 173 (2 min 28 s).

Une station-service sur la route de Rome, extérieur jour. Long plan sur Prokosch et Camille à la station (plan 169, 1 min 30 s) puis alternance entre le message de Camille à Paul cadré en insert et des images de la voiture qui démarre. Ellipse. La voiture rouge de Prokosch arrive dans une station-service. Prokosch et Camille sortent du véhicule. Il lui demande ce qu'elle va faire à Rome. On entend le bruit du moteur poussé à plein régime, puis celui des freins et des crissements de pneus. On découvre ensuite l'Alfa-Romeo encastrée dans la remorque d'un camion. Prokosch et Camille sont immobiles, morts, à l'avant de la voiture, la tête penchée l'un à gauche, l'autre à droite.

Séquence 16. Plans 174-175 (2 min 45 s).

Capri, terrasse de la villa, extérieur jour. Paul, une valise à la main, en costume, remonte les escaliers vers la terrasse ; il croise Francesca qui ne répond pas à son salut. Il arrive sur la terrasse où l'équipe de tournage de Lang organise la prise d'un plan, celui du premier regard d'Ulysse quand il retrouve sa patrie. Paul fait ses adieux à Lang qui, lui, continue son film. La caméra cadre Ulysse de dos qui regarde vers la mer. Plan panoramique pour épouser son regard et cadrer la mer et le ciel, vides et bleus.

Carton avec le mot « Fin ». Plan 176 (17 s).

Tableau des séquences

Séquences		Plans	Durées	Lieux	Personnages
		1-3	16"		Cartons titres
I. Cinecittà	1	4	1'47"	Cinecittà ext. jour	Francesca, l'équipe de tournage
	1	5	3'7"	Intérieur app. nuit	Camille, Paul
	2	6-9	5'	Cinecittà ext. jour	Paul, Francesca, puis Jérémie Prokosch
	3	10-40	9'54"	Cinecittà int. jour	Paul, Francesca, Prokosch, Lang, la scripte, l'opérateur, Ulysse, Pénélope, un prétendant, l'équipe de tournage
	4	41-49	3'27"	Cinecittà ext. jour	Paul, Francesca, Prokosch, Lang et Camille
II. Villa romaine de Prokosch	5	50-77	4'38"	Villa ext. jour	Camille, Prokosch, puis Paul et Francesca
	6	78-79	2'37"	Villa int. jour	Paul, Francesca, puis Camille, puis Prokosch
	7	80-83	3'20"	Villa ext. jour	Paul, Camille, Prokosch, Francesca
III. Appart. Rome	8	84-85	1'	Rue Rome ext. jour	Paul, Camille
	8	86-128	29'37"	Appartement int. jour	Paul, Camille
	9	129-130	30"	Rue Rome ext. jour	Paul, Camille
	9	131-132	20"	Rue Rome ext. nuit	Paul, Camille

Séquences	Plans	Durées	Lieux	Personnages
IV. Salle de cinéma	133-139	4'50"	Salle cinéma int. nuit	Paul, Camille, Lang, Prokosch, Francesca, chanteuse, photographe
	140	21"	Ext. devant salle nuit	Paul, Camille, Prokosch, Lang, Francesca
V. Capri 10	141-151	3'52"	Capri, bateau, ext. jour	Paul, Camille, Prokosch, Francesca, Lang, l'assistant, l'équipe de tournage, Ulysse, les sirènes
11	152-154	3'16"	Capri, chemin, ext. jour	Lang, Paul
12	155-158	2'30"	Capri, terrasse, escaliers, fenêtre, villa, ext. jour	Camille, Prokosch, Paul
13	159	4'10"	Capri int. villa jour	Paul, Camille, Lang, Francesca, Prokosch
14	160-168	6'55"	Capri ext. jour, terrasse et escaliers	Paul, Camille
VI. Route vers Rome 15	169-173	2'28"	Station-service ext. jour	Prokosch, Camille
VII. Capri 16	174-175	2'45"	Capri ext. jour, terrasse, escalier, villa	Paul, Francesca, Lang, l'équipe de tournage, Ulysse
17	176	17"	Carton fin	

Structure, action, dramaturgie

NITIALEMENT, Jean-Luc Godard avait prévu de diviser son film en deux parties. Dans la présentation de son « Synopsis » et de sa « Théorie générale du film », il précise: « Le film se passant entièrement en Italie, il sera, comme tous les films italiens, divisé dramatiquement en deux parties. C'est ainsi que, même dans les versions autres que la version italienne, c'est-à-dire dans les pays où il n'y a pas d'entracte comme en Italie, il y aura quand même un carton annonçant: fin de la première partie. Ces deux parties sont Rome d'une part, et Capri d'autre part, les deux lieux où se passe l'action. »

Dans le fim terminé, le carton de fin de première partie a évidemment disparu, mais il reste une très forte césure rythmique et visuelle entre le plan 140 et le plan 141. Le premier est un plan général nocturne qui cadre les personnages sortant du cinéma; le second est un plan rapproché de Camille, de face en plein soleil, sur le bateau à Capri, pendant une prise de vue de *L'Odyssée*.

Cependant, Godard ayant considérablement développé au tournage la scène de l'appartement entre Paul et Camille (séquence 8), jusqu'à lui donner une durée proche de la demi-heure, la construction générale repose dans le film terminé sur **trois grandes parties** et non plus sur deux. La première part du début jusqu'au départ de Paul et Camille de la villa romaine de Prokosch et l'entrée dans leur appartement; la seconde est constituée par la séquence de l'appartement avec,

39

en appendice, celle du cinéma; et la troisième se déroule entièrement à Capri.

La structure du film a toujours tourné autour d'une quinzaine de séquences, à toutes les étapes du synopsis et du découpage: «Il y aura moins de scènes dans le film que dans le livre, environ une quinzaine contre soixante (ne pas confondre scènes et chapitres) mais elles *dureront* plus longtemps, c'est-à-dire que ce sont les sentiments dans leur *durée*, dans leur *évolution créatrice*, donc dramatique, qui seront mis en valeur.»

Architecture du film

La construction générale du film privilégie les lieux. En ce qui concerne la durée, l'action sera donc arbitrairement condensée en deux journées, la première à Rome, la seconde à Capri, le lendemain ou le surlendemain: «*Le temps* de cette action, contrairement au roman, ne sera pas fragmenté sur *un espace* de plusieurs mois, mais sur *une durée* de quelques jours. C'est-à-dire qu'il n'y aura pas de scènes de transition au sens habituel, mais je tâcherai de faire durer les scènes au maximum dans le même lieu.»

Ces lieux sont: 1. Cinecittà. — 2. La villa romaine (jardin et intérieur). — 3. L'appartement de Paul et Camille. — 4. Le cinéma Silver Cine. — 5. Capri avec ses extérieurs (le bateau, le chemin vers la villa, les escaliers, la terrasse) et l'intérieur. — 6. La station-service.

Ces six lieux principaux structurent l'ensemble du film et plus encore trois d'entre eux: Cinecittà, l'appartement romain et Capri. En effet, du point de vue de la durée, le film confirme cette construction en trois parties. Nous avons:

— *Le générique* (**plan 4**, 1 min 47 s), puis *le prologue* (**plan 5, séquence 1**, 3 min): Paul et Camille, avant le mépris.

— *Première partie. La mort du cinéma classique* (**plans 6 à 83**, environ 29 min): l'ensemble Cinecittà (**séquences 2, 3** et **4** de notre découpage) qui dure 18 min 23 s, auquel on peut ajouter l'ensemble plus bref de la villa romaine (**séquences 5, 6** et **7** d'une durée de 10 min 35 s).

40

— *Deuxième partie. La mise à mort d'un couple* (**plans 84 à 140**, environ 34 min): l'appartement de Paul et Camille (**séquence 8**, 29 min) et en appendice, la séquence du cinéma (**séquence 9**, 5 min).

— *Troisième partie. Le destin tragique, sous le regard des dieux* (**plans 141 à 175**, environ 26 min): elle regroupe les **séquences 10 à 16** et décompose l'ensemble Capri en sous-unités spatiales: le bateau (**séquence 10**), le chemin vers la villa (**séquence 11**), la terrasse et les escaliers (**séquence 12**), le salon intérieur de la villa (**séquence 13**), la terrasse et les escaliers vers la mer (**séquence 14**), la station-service (**séquence 15**), la terrasse et ses escaliers, à nouveau (**séquence 16**).

Nous avons donc trois grandes parties d'une durée sensiblement égale, après le prologue.

— *La première partie* présente les protagonistes, le trio scénariste-producteur-réalisateur, le couple Paul et Camille. Elle met en scène les enjeux esthétiques et conjugaux. Elle se caractérise par une forte présence du monde du cinéma: décors de Cinecittà et projections des rushes de *L'Odyssée*. Elle dure 29 minutes.

— *La seconde partie* évacue d'abord Lang et Prokosch pour recentrer le film sur la crise conjugale de Paul et Camille, face à face, dans leur intimité. Mais le monde du cinéma est toujours là (intervention téléphonique de Prokosch), ce qui est confirmé par la décision de Paul d'aller retrouver l'équipe dans la salle du Silver Cine. Cette seconde partie dure 34 minutes, alors que la seule scène dans l'appartement a exactement la même durée que la première partie envisagée globalement.

— *La troisième partie* à Capri marque un retour du monde du cinéma dans la vie du couple. Paul et Camille se retrouvent au milieu du tournage d'une prise. Les couples initiaux sont redistribués: Paul discute avec Lang, Camille se retrouve avec Prokosch. Le film se termine par la disparition du second couple. Lang reste seul. Le cinéma classique survit et triomphe. Cette troisième partie dure 26 minutes.

(Se reporter au tableaux des séquences aux pp. 37 et 38.)

Ellipse des trajets et rythmique :
le regard des dieux

Cette construction d'ensemble confirme la disparition des séquences de transition et plus généralement de tous les trajets. Au début du film, Paul arrive à Cinecittà sans que l'on sache vraiment d'où il vient (**plan 6**). Il rencontre aussitôt Francesca. A la fin de la **séquence 4**, deux plans (**plans 46-48**) montrent Paul quittant Cinecittà. Il court et crie en appelant « Camille ! », il est suivi de Francesca en vélo. En lieu et place de l'itinéraire et de la recherche du taxi, une image de Neptune, menaçant, le bras levé (**plan 49**). Un plan (**plan 50**), tout aussi rapide, montre son arrivée dans la villa de la via Appia Antica lorsqu'il descend du taxi ; plus loin, un seul plan (**plan 82**) le montre sortant du jardin de la villa avec Camille. Aussitôt après, une image de Minerve tourne la tête vers le couple (photo 5).

Encore deux nouveaux plans de rue (**plans 84-85**) seulement, lorsqu'ils arrivent devant leur immeuble. Le départ de l'appartement et l'arrivée au cinéma sont montés très elliptiquement en quatre plans, deux de jour (**plans 129-130**), deux de nuit (**plans 131-132**), produisant un rythme syncopé qui s'oppose radicalement à celui de la longue séquence précédente et aux lents panoramiques latéraux de la séquence du cinéma.

Nous avons déjà signalé la brutalité de la transition entre le plan nocturne de la sortie du cinéma (**plan 139**) et le premier plan extrêmement lumineux de Camille à Capri (**plan 140**). Un peu plus loin, c'est le départ de Camille en hors-bord avec Prokosch dont la trajectoire vers la villa va être éludée. A sa place, une nouvelle image du destin, sous la figure menaçante de Neptune (**plan 151**).

Ce système de montage syncopé culmine au moment de l'accident et de la mort de Camille et de Prokosch. On vient de quitter Paul assoupi (**plan 168**). Comme dans un mauvais rêve, il entend la voix de Camille lui lire son message d'adieu. Puis, un long plan séquence (2 minutes et demie) montre Prokosch tentant de communiquer par quelques mots avec Camille. Cet étirement temporel permet à Godard d'enchaîner brusquement sur un montage alterné d'une brutalité foudroyante, laissant sur place, pour ainsi dire, la voiture que l'on retrouve, on ne sait trop comment, encastrée sous le semi-remorque. Le rythme de l'image évoque ici l'intensité de la colère des dieux de l'Olympe.

En éliminant systématiquement les trajets et en leur substituant de brèves images des Dieux, Godard inscrit la destinée des personnages sous la menace tragique, prête à intervenir à tout moment. Certes, l'enchaînement séquentiel fonctionne sur un système logique et narratif : au début, Paul dit à Camille « qu'il a rendez-vous avec cet Américain ». Plus loin, Francesca entraîne Paul vers la salle de projection en lui indiquant : « Venez, c'est par là... » (**plan 7**). En fin de séquence, Paul demande en criant à Francesca : « L'adresse qu'est-ce que c'est ? ». Et ainsi de suite jusqu'à la fin. C'est dire que le dialogue multiplie les chevilles narratives, liant logiquement les transitions spatio-temporelles, cependant qu'au niveau rythmique et descriptif le montage détruit ces relations causales pour y substituer une pure consécution tragique, métaphorisée par les figures de Neptune et de Minerve.

Un film en plans séquences

S'opposant à ces transitions syncopées, la structure interne des séquences privilégie les longs plans séquences, à de rares et significatives exceptions près.

43

Le générique et le prologue instaurent dans le film la mise en scène en continuité avec deux longs plans descriptifs de 2 et 3 minutes, l'un présentant l'équipe de tournage (le thème du cinéma), l'autre le couple heureux, avant le cinéma et le mépris.

L'arrivée de Paul à Cinecittà reprend l'écriture en plans longs. La **séquence 2** ne comprend que quatre plans dont les deux premiers sont très longs : le **plan 6** cadre Paul et Francesca, puis Prokosch, il dure 1 minute 42 ; le **plan 7**, les reprenant tous les trois en travelling latéral, dure à son tour 2 minutes 20. Les quatre premiers plans du film tournent autour de 2 minutes chacun, ce qui est une durée exceptionnelle selon les standards de montage en cours au début des années 60. Dès le départ, Godard affiche son parti pris de mise en scène en continuité, afin de respecter les préceptes d'André Bazin que la voix du générique vient de citer.

De fait, si l'on retranche les trois brèves séries de plans très courts que nous allons évoquer ultérieurement (**plans 63 à 68**, et **plans 73 à 77**, le regard de Camille dans le jardin de Prokosch ; puis **plans 110 à 119** les vues de Camille nue, soit un ensemble de vingt et un plans), le film ne comporte que cent cinquante-quatre plans (plus les trois cartons du générique et celui du mot « Fin »), ce qui est un nombre très faible pour un film d'environ 100 minutes.

En ce sens, *Le Mépris* représente une date dans l'histoire formelle du cinéma, et dans l'œuvre de Godard, puisqu'il anticipe de quelques années les films en plans séquences de la fin des années 60 et de la décennie ultérieure : ceux de Milos Jancso, de Marguerite Duras, de Jean Eustache, de Jean-Marie Straub, de Théo Angelopoulos et de Chantal Akerman, pour citer des auteurs appartenant à des esthétiques très différentes.

Cette mise en scène en plans séquences va s'épanouir plus encore dans deux moments symétriques du film, deux moments filmant les personnages en intérieur.

Le premier constitue presque à lui seul la **séquence 6**. C'est le **plan 78**. Il montre Paul qui vient de retrouver Francesca dans le salon de la villa romaine ; il lui raconte, pour tenter de la distraire, l'histoire de Râmakrisna. Ce plan dure 2 minutes 37. La longueur de la prise de vue amplifie la maladresse de Paul et la gêne de Francesca.

Le second, de nouveau consacré à Paul, est le **plan séquence 159** et correspond à la **séquence 13**. Il dure 4 minutes 10 ; c'est le plan le plus long du film. Dans le salon de la villa de Capri, Paul est plus seul que jamais, face à l'indifférence des autres personnages. Il s'efforce de faire savoir à Prokosch qu'il renonce à écrire le scénario, afin de retrouver l'estime et l'amour de Camille. La durée de la prise de vue accentue la difficulté de ses efforts ; la caméra cerne chacun de ses déplacements par d'incessants recadrages. Il est traqué, prisonnier au milieu des baies vitrées de la villa, observé ironiquement par le regard de Lang qui concluera : « ... Il faut souffrir ! »

Un troisième plan séquence est également remarquable, mais il est cette fois-ci, filmé en extérieur et fonctionne sur le contraste : un plan long immédiatement suivi de quatre plans très brefs. Il s'agit du **plan 169** qui cadre Jérémie et Camille dans la station-service, sur la route de Rome (**séquence 15**). Il dure 1 minute 30. Dans ses efforts pour séduire Camille, Jérémie se montre aussi maladroit que Paul, lorsqu'il lui offre une fleur des champs. Mais la longueur du plan n'intervient ici que pour mettre en évidence la violence du montage alterné des trois plans qui suivent, véritable démonstration de ce contraste de rythme et de vitesse que le début du film a mis en place.

La **séquence 2**, l'arrivée de Paul à Cinecittà, comprend également deux autres plans nettement plus brefs, les **plans 8** et **9**, qui montrent le trajet de Paul et Francesca d'une part, et celui de Prokosch d'autre part, jusqu'à la salle de projection. Entre le **plan 7** et le **plan 8**, tout change ; la durée, le rythme de déplacement des personnages, celui de la caméra. Godard instaure la rupture de rythme, le montage par mouvement syncopé et elliptique qu'il va développer dans tous les moments de transition, une rupture qui fonctionne sur l'étirement de la durée, le long travelling latéral, brusquement interrompu par un plan très bref, saisi au moment où le personnage sort du plan et change lui-même de rythme de déplacement.

Cette mise en scène en plans séquences domine tout le film. On la retrouve particulièrement dans la seconde partie, pendant la séquence de l'appartement (**séquence 8**), puis aussitôt après, dans la séquence du cinéma, composé de sept plans en intérieur (**séquence 9**).

Un film en montages courts

Le montage court fait évidemment figure d'exception dans le système global du film. Mais il n'en joue pas moins un rôle fondamental à certains moments, d'autant que cette forme de montage est liée, par ses deux premières occurrences au moins, au regard de Camille, et par conséquent, au sentiment même du mépris.

Ces deux premiers montages courts sont immédiatement consécutifs. Ils interviennent dans la **séquence 5**, lorsque Paul arrive, suivi de Francesca, dans le jardin de la villa romaine de Prokosch. Ils sont tous les deux structurés sur deux brefs moments sans paroles et suivent tous les deux un plan qui cadre Camille avec insistance. Ces séries d'images correspondent bien au point de vue du personnage à cet instant précis du film.

La première série, du **plan 63** au **plan 68**, suit un plan qui montre Camille qui se lève, se dirige vers le fond du champ et croise à ce moment Francesca qui arrive à bicyclette. La caméra recadre Camille en travelling avant. Suivent six plans courts montés rythmiquement sur des gestes de Camille, les uns représentant le couple avant le film (images de l'harmonie conjugale), d'autres, le moment de l'émergence du sentiment du mépris, lorsque Camille a cru comprendre que Paul la poussait dans la voiture de Prokosch.

La seconde série qui intervient peu après, du **plan 73 au plan 77**, est un peu plus brève. Elle suit un long moment qui montre Camille assise dans un fauteuil du jardin. Paul vient de passer un instant à côté d'elle. Cinq images brèves fonctionnent alors comme souvenir immédiat de l'arrivée de Paul et rappel du moment du mépris.

Ces onze images-flashes privilégient le regard de Camille. Il s'agit des rares moments où le montage épouse le point de vue subjectif d'un personnage. Camille n'y parle pas par les mots, elle s'y exprime par des images, des perceptions visuelles aussi précises que rapides. La mise en scène est entièrement au service de son regard: « Le sujet du *Mépris* n'est plus le scénariste qui découvre et souffre du mépris dont il est l'objet de la part de sa femme, il est également et surtout cette femme qui méprise. » (Godard, *Scénario du Mépris.*)

Le troisième montage court, d'un statut différent, intervient au centre même de la séquence de l'appartement (**séquence 8**), dix plans assez brefs, les **plans** 110 à 119, accompagnent visuellement les voix alternées de Paul et Camille. La longue séquence de l'appartement est construite sur une montée de tension, puis d'accalmie. Elle se compose de trente-trois plans. Le montage court intervient au moment de la seconde montée vers un paroxysme dans l'affrontement du couple. Paul vient de dire à Camille : « Pourquoi tu ne veux plus qu'on fasse l'amour ? ». Celle-ci, au comble de l'exaspération provoquée par le questionnement incessant de Paul, vient de s'allonger sur le canapé du salon et de se découvrir. Elle lui jette : « Très bien, allons-y, mais vite. » A ce moment précis, la voix de Paul intervient hors champ, sur le ton du commentaire, ou de la voix intérieure : « J'avais souvent pensé, depuis quelques temps, que Camille pouvait me quitter, j'y pensais comme à une catastrophe possible, maintenant, j'étais en pleine catastrophe... ». Puis, la voix de Camille, sur le même ton récitatif, enchaîne à son tour : « Autrefois, tout se passait comme dans un nuage d'inconscience, de complicité ravie... ». Les deux voix alternent ainsi pendant quelques minutes, accompagnant un montage d'une dizaine de plans qui représentent, pour la plupart, le corps de Camille figé dans l'instant d'une beauté sculpturale, mêlés à quelques images de souvenirs immédiats (l'appel téléphonique à sa mère, le moment de l'émergence du mépris, une fois encore), et plus audacieusement, à une image rapide de l'une des séquences ultérieures (Camille à Capri, vêtue d'un peignoir jaune, suivie de Paul en costume blanc). Ce dernier plan marque la rupture comme inexorable, déjà inscrite dans le déroulement narratif et tragique du film.

Ce troisième montage court n'est plus strictement subjectif. Il représente un moment de suspension et d'accalmie toute provisoire, dans la violence de la scène conjugale. La rupture est inéluctable. Paul est allé trop loin, et la prise de conscience de l'irréversibilité du processus du mépris provoque ces quelques brèves minutes de retour au passé, à la nostalgie d'une harmonie à jamais perdue. Paul ne verra jamais plus Camille ainsi.

La figure de l'alternance

Quoique minoritaire dans un ensemble fondé sur la durée linéaire et continue, la structure de l'alternance, caractéristique, sous une certaine forme, du découpage spatio-temporel du cinéma classique, intervient à quelques moments précis du *Mépris*. Mais cette intervention n'a ni la même forme, ni la même fonction.

Il y a d'abord la forme traditionnelle de l'alternance, celle du champ/contrechamp entre des personnages qui regardent, puis des images ou d'autres objets vus par eux. Cette structure de montage intervient essentiellement deux fois.

La première alternance se situe lors de la projection des rushes, dans la **séquence 3 (plans 10 à 40)**, lorsque le montage alterne assez systématiquement des images de personnages et des plans de *L'Odyssée* vus par eux sur l'écran. C'est Fritz Lang, le réalisateur de *L'Odyssée*, qui est à l'origine de la structure alternée lorsqu'il énonce : « *It's the fight against the gods, the fight of Prometheus and Ulysses* », phrase immédiatement suivie de l'image d'une statue représentant un visage blanc de jeune fille souriant, les yeux bleus, la bouche rouge. Le montage développe cette structure en montrant, après Lang, le projectionniste, Paul, Lang à nouveau, une scripte, etc., et en alternance, des images de *L'Odyssée* : Minerve, Neptune, la scripte et l'équipe de tournage, etc.

L'alternance souligne que les images odysséennes sont perçues par les personnages. Elle met en avant la problématique du point de vue, du cinéma comme regard porté sur les êtres et les choses. Lang, à l'origine du montage, est ici en position de créateur, de démiurge, il crée les images en nommant les choses. Le monde est alors sacralisé par le regard : c'est le monde antique, celui d'Homère, « monde réel appartenant à une civilisation qui s'est développée en accord et non en opposition avec la nature et la beauté de l'*Odyssée* réside justement dans cette croyance en la réalité comme elle est. » (Lang, **plan 139**.)

La seconde alternance en champ/contrechamp se situe également dans l'espace clos du « Silver Cine ». Il s'agit de la **séquence 9 (plans 113 à 139)** qui cadre Lang et Camille assis à gauche, Paul et Prokosch assis à droite. Ils regardent, ou plutôt écoutent, la chanteuse qui s'expose en attraction et gesticule sur scène. L'alternance est ici celle du regard, de l'indifférence et du mépris. Les personnages discutent d'ailleurs en aparté dans un autre espace sonore puisque la chanson italienne s'interrompt arbitrairement lorsque Prokosch déclare avoir relu l'*Odyssée* la nuit dernière et y avoir trouvé quelque chose qu'il cherchait depuis longtemps, la poésie !

Dans la séquence de l'appartement, la mise en scène évite au contraire le champ/contrechamp et le montage alterné. Ce refus est ostensible au **plan 124**, lorsque Godard filme Paul et Camille face à face, de part et d'autre d'une lampe de table à abat-jour. L'échange question-réponse est cadré en lents travellings latéraux d'un personnage à l'autre, alors qu'un découpage traditionnel aurait opté ici pour l'alternance en champ/ contrechamp. La mise en scène de Godard ne fait que souligner l'insistance de Paul qui soumet littéralement Camille à la question, et la forme donnée à l'alternance laisse le spectateur à l'extérieur du circuit de la parole, en position de tiers exclu, une place qui n'est jamais gratifiante.

Une forme d'alternance toute différente se manifeste dans deux autres passages ultérieurs : il s'agit alors de l'alternance de montage qui signifie la relation de simultanéité, forme certes très classique, mais exceptionnelle dans *Le Mépris*.

Il y a d'abord les quatre plans qui constituent la **séquence 12 (plans 155 à 158)**. Paul recherche Camille sur la terrasse et l'appelle. Camille est assise sur le rebord d'une fenêtre de la villa, face à Jérémie. Un nouveau plan les cadre de l'intérieur, puis on revient à Paul qui les observe du haut de la terrasse. Il s'agit ici d'une pure alternance dramatique. C'est aussi le moment de l'humiliation pour Paul, celui de la décision irréversible pour Camille qui se laisse embrasser délibérément par Jérémie, se sachant vue par Paul **(plan 156)**.

Enfin, la dernière alternance qui intervient peu après est celle de l'accident et de la mort tragique de Camille et Prokosch **(séquence 15, plans 170 à 173)**. Le trajet de l'Alfa-Romeo est scindé en fragments de temps très brefs par les inserts sur le message d'adieu de Camille (photos 6, 7, 8). Le message a déjà inscrit la mort. La voiture sera encastrée sous le semi-remorque comme le montage encastre ces images du départ dans celles du message d'adieu.

6

7

8

50

Thèmes
et
personnages

N procédant à l'adaptation du roman d'Alberto Moravia, Godard s'est livré à une sélection draconienne du nombre des personnages pour n'en conserver que cinq. Il a éliminé systématiquement les personnages secondaires, réduits à l'état de simples silhouettes dans le film. Les lieux traversés par les personnages sont presque tous déserts : les allées de Cinecittà, la villa romaine de Prokosch, celle de Capri, la station-service, l'autoroute au moment de l'accident... La foule la plus nombreuse est constituée par l'équipe de tournage de *L'Odyssée*, qui est d'ailleurs plus que modeste.

Chez Moravia, les personnages principaux sont certes les mêmes, à la différence près que Godard a ajouté celui de la traductrice, Francesca. Mais le narrateur Richard Molteni fait également la connaissance du réalisateur Pasetti et de sa femme, personnages qui interviennent à plusieurs reprises dans le roman. Godard les a fait disparaître, au même titre que tous les autres évoqués par le narrateur.

Cette élimination contribue à créer la forte impression de « naufragés sur une île déserte », à Capri en particulier, impression de fin du monde, également fin du monde du cinéma. Réduits à cinq, les personnages acquièrent une force symbolique plus marquée, jusqu'à métaphoriser des fonctions, incarner des figures : il y a le Producteur, le Réalisateur, le Scénariste, la Beauté (sa femme), et l'Intercesseuse (la

51

traductrice), et bien sûr, derrière eux tous les personnages de l'*Odyssée*: Ulysse, Pénélope, les Prétendants, Circé, Nausicaa, mais aussi Minerve, Neptune et Homère lui-même.

De plus, comme on l'a souvent remarqué, les acteurs chez Godard sont de véritables citations vivantes. Ils sont mis en scène en référence à leur passé cinématographique proche et lointain. Ainsi Jack Palance est le producteur Jérémie Prokosch, mais il garde les traces du tueur aux gants noirs de *L'Homme des vallées perdues* (George Stevens, 1953); il est encore l'acteur-victime du tyrannique Rod Steiger dans *Le Grand Couteau* (Robert Aldrich, 1955), comme Prokosch est une citation assez directe du producteur de *La Comtesse aux pieds nus* (Joseph L. Mankiewicz, 1954), Kirk Edwards.

Fritz Lang porte avec lui tout son prestige de réalisateur allemand ayant fui le nazisme en 1933, de celui qui a signé *M le Maudit* et qui a dû trouver des compromis lors de sa carrière hollywoodienne. Michel Piccoli sort de l'univers melvillien du *Doulos*, où il portait un chapeau, comme Dean Martin, dans le film de Vicente Minnelli, *Comme un torrent* (1958). Brigitte Bardot est avant tout la star du cinéma français, sa dimension mythique et son « aura » l'assimilent aussitôt à un personnage de l'Olympe. Giorgia Moll, la polyglotte, manifestait déjà son talent linguistique dans *Un Américain bien tranquille* (Joseph L. Mankiewicz, 1958).

Un producteur américain : Jérémie Prokosch (Jack Palance)

Dans le roman, le producteur est un pilier de la production italienne commerciale: «Un assez jeune producteur qui, durant ces dernières années, avait fait son chemin grâce à des films de facture assez plate, mais d'un bon succès commercial. Sa société, modestement intitulée "Triomphe Films" jouissait à l'époque d'une excellente cote.» Richard Molteni en donne une description physique peu séduisante: «C'était certes un gros animal, doué d'une vitalité tenace et exubé« rante. Il était de taille moyenne, avec des épaules très larges, un buste long et des jambes courtes; d'où sa ressemblance avec un gros singe qui lui valut ses sobriquets ("la brute", "le grand singe", "le gorille").»

Jack Palance apparaît au **plan 6**. Il sort par la grande porte d'un studio, le « Teatro 6 », il est en costume sombre, avec une chemise blanche et une cravate. Il regarde alors la lumière en se protégeant avec la main et déclame en vociférant une tirade très shakespearienne, avec un ton sur-théâtralisé : « *Only yesterday, there were kings here... Kings and queens, warriors, and lovers... All kinds of real human beings...* ». « Hier, il y avait des rois, traduit docilement Francesca, des princesses, des amoureux... Toutes les émotions humaines... ». Paul est arrivé à Cinecittà dans un studio désert. Il s'en étonne et demande : « Qu'est-ce qui se passe ici, c'est complètement vide ? » Francesca lui répond : « Jerry a renvoyé presque tout le monde, ça va très mal dans le cinéma italien... », et plus loin, « Hier, il a vendu tout, et on va construire des Prisunics. C'est la fin du cinéma. »

Lorsque les personnages traversent le champ, on découvre en effet les ruines d'un décor, un accessoiriste seul, qui replie des toiles. Prokosch, quand il apparaît, est un personnage de fin de règne d'une tragédie élisabéthaine, celui qui déplore les fastes du passé et se lamente sur les vestiges du présent. C'est le fossoyeur du cinéma en même temps que son augure maléfique. C'est lui qui lance, dans une colère dérisoire et grandiloquente, les bobines de rushes de *L'Odyssée* de Lang (photo 9), alors que le mur sous l'écran cite l'aphorisme de Louis Lumière : « *Il cinema è un' invenzione senza avvenire* », geste qui fait dire à Lang « qu'enfin, il comprend l'esprit de la culture grecque ».

En transformant la nationalité du producteur qui, d'italien devient américain, Godard élargit le débat à toute l'histoire du cinéma. Chez Moravia, les références de Battista et celles de Molteni sont celles du milieu intellectuel de l'après-guerre en Italie, avec la problématique de l'engagement et de l'aliénation de l'artiste. Avec Prokosch, Godard aborde de front les rapports conflictuels entre le nouvel Hollywood des années 60 et le cinéma d'auteur européen, celui de Lang et de Rossellini, plus menacé que jamais par la machinerie hollywoodienne et ses capitaux. C'est elle qui a fini par réduire Lang au chômage, comme c'est elle qui a détruit Nicholas Ray, l'un des auteurs fétiches de Godard, à l'époque.

Jack Palance n'a pas la petite taille que Moravia attribuait à Battista, mais il n'est pas pour autant dépourvu de traits simiesques. La contre-plongée qui le cadre lorsqu'il apparaît, marchant sur l'esplanade du studio, amplifie la longueur de ses membres et le métamorphose en grand singe. C'est le prototype de la brute financière, du producteur américain d'origine slave, comme l'indique son patronyme ; il est doté d'une vision plutôt fruste du cinéma lorsqu'on le voit glousser de satisfaction grasse devant l'image d'une figurante nue s'ébattant dans l'eau, telle une sirène de mauvais « péplum ». Ironiquement, Godard lui fait dire alors qu'il s'agit d'art, et qu'« il se demande si le public comprendra ». En tant que producteur, il se contente d'engager Paul, va repérer une starlette dans un cinéma de banlieue pour l'engager dans le rôle de Nausicaa. Sa principale activité est d'inviter Paul, et plus précisément Camille, à prendre un verre chez lui à Rome (photo 10), puis dans la villa de Capri. Il répond quelquefois au téléphone et se montre extrêmement goujat avec Francesca, allant jusqu'à lui donner un coup de pied. On ne sait trop d'où lui vient l'idée de moderniser le récit d'Homère, et dire qu'il «a une théorie sur l'*Odyssée*» est plutôt excessif.

Bien qu'il ne fume pas le cigare à l'instar de ses confrères d'Hollywood, Prokosch n'est ici qu'une caricature. Il incarne sans nuances l'homme qui sort son carnet de chèques quand il entend parler du mot «culture», celui qui aime humilier les autres : il utilise le dos de Francesca afin de signer son chèque, comme un tyran romain marque une tablette de cire sur le dos d'un esclave (photo 11).

Godard n'aura de cesse de souligner sa maladresse, son énergie dépensée à perte. Son corps est mal à l'aise dans l'habitacle trop étroit de l'Alfa-Romeo ; il ne sait où placer ses grandes jambes dans les fauteuils du Silver Cine. Prokosch n'est alors qu'un pantin, dérisoire lorsqu'il offre la fleur des champs à Camille, tout autant que l'était le monstre de Frankenstein offrant ses fleurs à une fillette avant de la noyer ; plus encore lorsqu'il articule péniblement : «Qu'est-ce que tu penses de moi ?»

C'est le personnage repoussoir du *Mépris*. Son inculture et sa prétention sont signifiées par son recours grotesque aux citations qu'il trouve dans sa petite «bible» de poche. Il offre à Paul un livre sur la peinture romaine afin de l'aider dans son adaptation et Paul lui répond que «l'*Odyssée*, c'est en grec». Il ne fait aucun effort pour pratiquer la langue des autres personnages. Il ne s'exprime qu'en anglais, ponctue toutes ses phrases d'un autoritaire «*Yes or no ?*» et ses tentatives pour articuler trois mots de français sont assez pitoyables. Enfin, c'est lui qui déclenche le sentiment du mépris chez Camille, lui qui sépare les époux lorsque Paul retrouve Camille au début du film, en poussant au maximum les vitesses de son Alfa-Romeo.

Il n'en demeure pas moins que l'environnement odysséen où baignent les cinq personnages offre une dimension mythologique à Jérémie Prokosch, comme à tous les autres. Prokosch est l'ennemi de Paul-Ulysse, c'est d'abord le prétendant le plus arrogant de la belle Camille, mais sa puissance et sa stature en font également une figure menaçante de Neptune. Lorsqu'il sort aveuglé du « Teatro 6 », c'est la silhouette monstrueuse du Cyclope, Polyphème, qu'il évoque, Cyclope que l'on dirige dans l'une des prises de *L'Odyssée* de Lang (**séquence 10**, à Capri).

Prokosch, dans le film, a perdu la photo de sa mère, qui pourtant figurait encore dans le dernier découpage et dans les feuilles de travail de l'équipe. Plus d'allusion à ses goûts littéraires ou filmiques. Les déboires de Godard avec les producteurs Ponti et Levine, puis avec l'acteur, ont dû jouer un certain rôle dans l'accentuation de la noirceur du personnage.

Dans *La Comtesse aux pieds nus* (1954, tourné à Cinecittà), Joseph L. Mankiewicz dépeint un jeune producteur américain Kirk Edwards (qu'incarne Warren Stevens) qui humilie son agent en public dans un cabaret espagnol, lorsqu'il va tenter d'engager une nouvelle actrice. Il est présenté comme puritain et névrosé — il gifle une jeune actrice parce qu'elle blasphème, il est sensible à la flagornerie de ses subordonnés. Il sera lui-même humilié par un millardaire sud-américain excentrique qui lui enlève sa nouvelle star, après un affrontement verbal dans une soirée mondaine. C'est un des modèles directs de Jérémie Prokosch.

Jack Palance

Jack Palance, né Jack Palahnuik en Pennsylvanie en 1919, est un fils de mineur. Ancien boxeur professionnel, il devient aviateur pendant la Seconde Guerre mondiale. Défiguré dans l'incendie de son avion, son visage sera modifié par la chirurgie esthétique. Ses traits « mongoloïdes » et inquiétants seront ses meilleurs atouts dans ses rôles de méchant du cinéma américain des années 50. On le retrouvera très souvent dans des rôles de brutes ou de tueurs. Il sera particulièrement à l'aise lorsqu'il devra incarner le « barbare » sous tous ses visages hollywoodiens : Attila dans *Le Signe du païen* (Douglas Sirk, 1954), *Rewak le rebelle* (Rudolph Maté, 1959), *Les Mongols* (André de Toth, 1961), *Barabbas* (Richard Fleischer, 1961), *Les Professionnels* (Richard Brooks, 1966), jusqu'au vieux peintre de *Bagdad Café* (Percy Adlon, 1988). Robert Aldrich lui permet de donner toute sa mesure dans deux rôles remarquables, celui de l'acteur humilié par Rod Steiger dans *Le Grand Couteau* (1955) et le fulgurant rôle du sergent, véritable bête de guerre dans *Attaque* (1956).

Ce sont ces deux derniers rôles qui ont incité Godard à l'engager. Lorsqu'il arrive sur le plateau du *Mépris*, il pense pouvoir régler ses propres comptes avec certains producteurs américains et fait de nombreuses suggestions au metteur en scène qui les refuse toutes (Bitsch, 1990). Au bout de quelques jours, il ne parlera plus qu'au chef machiniste qui lui-même ne parlait qu'une dizaine de mots anglais.

Fritz Lang, ou «la politique des auteurs en chair et en os»

Lorsqu'il incarne le rôle du réalisateur de *L'Odyssée* dans *Le Mépris*, Fritz Lang ne tourne plus depuis trois ans. Les firmes de production américaines ont réussi à réduire le vieux sage au silence et c'est en Allemagne, grâce au producteur Artur Brauner, qu'il a pu clore sa carrière par les deux volets du *Tigre du Bengale* et du *Tombeau hindou* (1959), et par le dernier épisode des aventures du *Diabolique docteur Mabuse* (1960). Il a pourtant des nouveaux projets : *Und Morgen... Mord!* (*Et demain... Meurtre!*), en 1962, et *Death of a career girl*, prévu avec Jeanne Moreau, en 1964.

Luc Moullet vient d'écrire sa monographie dans la collection « Cinéaste d'aujourd'hui » l'année même du *Mépris* et Camille lira ce livre dans sa baignoire. L'étude de Moullet confirme la réévaluation de la production américaine de Lang commencée par les *Cahiers du cinéma* dans les années 50, notamment par Claude Chabrol, François Truffaut et plus encore par Michel Mourlet. Paul ira dans le sens des *Cahiers du cinéma*, en admirant un passage de *Rancho Notorious*, l'un des rares westerns de Lang (« Quand Mel

Ferrer appuie sur la bascule, c'est formidable ! ») — alors que le vieux réalisateur précisera qu'il aime mieux *M. le Maudit*, film que Camille a récemment vu à la télévision et qu'elle a « beaucoup aimé ».

En 1963, Godard a pris l'habitude de rendre hommage en les filmant à des metteurs en scène qu'il admire et il multiplie le recours à des acteurs non professionnels, à des personnalités remarquables à ses yeux, dans le domaine de la philosophie, de la politique ou de la poésie. Dans *A bout de souffle*, son aîné et ami Jean-Pierre Melville interprétait le romancier à la mode, Parvulesco. Dans *Vivre sa vie*, il confronte Nana au philosophe du langage Brice Parain, à une table de café. Dans *Une femme mariée*, c'est le cinéaste Roger Leenhardt qui développe une petite conférence improvisée sur l'intelligence, comparée à la « jolie rousse » d'Apollinaire. Dans *Pierrot le fou*, Ferdinand rencontre Raymond Devos sur le quai du port de Toulon ; celui-ci lui raconte l'histoire de l'amoureux obsédé par un thème musical. Dans le même film, Samuel Fuller offre une définition très personnelle du cinéma aux invités de madame Expresso. Dans *La Chinoise*, enfin, Francis Jeanson réfutera, dans le train vers Nanterre, les arguments terroristes de Véronique, la militante maoïste qu'incarne Anne Wiazemski, en référence à son propre passé de « porteur de valises », etc.

Il est évident qu'en offrant à Fritz Lang le rôle du cinéaste du *Mépris*, Godard donne au personnage une tout autre dimension que celle qu'avait Rheingold dans le roman de Moravia, même s'il amputait ainsi la référence wagnérienne.

12

Il filmera Fritz Lang avec une véritable vénération. C'est particulièrement évident lorsque le réalisateur sort de la salle de projection des rushes, dans la **séquence 4**, et qu'il avance face à la caméra, cadré en travelling arrière (photo 12). Il allume une cigarette et la musique de Delerue que l'on vient d'entendre sur les images des bustes des dieux offre une noblesse majestueuse à la démarche du vieux cinéaste.

Lang sera le Sage, « le vieux chef indien, serein, qui a médité longtemps, et enfin compris le monde, et qui abandonne le sentier de la guerre aux jeunes et turbulents poètes. A travers son monocle, Lang pose sur le monde un regard lucide. Il sera la conscience du film, le trait d'union moral qui relie l'*Odyssée* d'Ulysse à celle de Camille et de Paul. Comme tous les grands artistes qui entrent dans la vieillesse, comme Dreyer, comme le Tasse dans la pièce de Goethe, comme Rossellini, comme Griffith (...), le trait prédominant chez Lang, avec l'intelligence, est la bonté, la générosité. Ce qui caractérise un grand metteur en scène de cinéma, d'ailleurs, on le verra dans ce film, c'est l'humilité et la gentillesse. » (Godard, *Scénario du Mépris.*)

Comme nous l'avons déjà noté, Godard a inversé la distribution des arguments concernant la lecture interprétative de l'*Odyssée* que l'on trouve chez Moravia. Lang est l'homme de la fidélité à la lettre homérique, celui qui entend donner une représentation d'Ulysse conforme au texte de l'*Odyssée*. Godard va même plus loin et transforme Lang en véritable démiurge. Lorsqu'il apparaît la première fois, dans la salle de projection, à la **séquence 3**, il est au centre de l'image, éclairé par le faisceau du projecteur derrière lui. Il va tendre le bras et pointer du doigt. La caméra le recadre en plan rapproché et sur les accents majestueux de la musique brahmsienne du film. La première image de *L'Odyssée* apparaît : celle du visage d'une jeune fille au sourire énigmatique (rien n'indique qu'il s'agisse de Pénélope, elle évoque plutôt le visage de Koré-Perséphone). Lang est bien celui qui engendre l'image, le créateur d'un monde. Il sera même assimilé à Homère, un peu plus loin lorsque Paul nommera le buste mythique du poète (« Tiens, Homère ! » dit la voix de Paul).

Lang est donc l'homme de la culture classique, celui qui cite Dante, Corneille (la préface de *Suréna*), Hölderlin et Brecht. Godard fait réciter Dante en allemand par Lang (photo 13) :

59

13

« O meine Brüder wenn ihr nach hundert tausend
Gefahren die Grenzen des Occidentes habt erreicht...
Zögert nicht den Weg der Sonne folgend
die unbewohnten Welten zu ergründen. »

Vers que Francesca traduit consciencieusement :
« O mes frères, qui à travers cent mille dangers... êtes venus aux confins de l'Occident,
Ne vous refusez pas à faire connaissance en suivant le soleil du monde inhabité.
Apprenez quelle est votre origine, vous n'avez pas été faits pour être
mais pour connaître la science et la vertu. »

Paul identifie aussitôt le passage et continue à réciter le poème en français :
« Déjà la nuit contemplait les étoiles et notre joie se métamorphose en pleurs. »

Paul ici est complice de l'homme cultivé, du réalisateur humaniste. Lang est celui qui, tout en maîtrisant les quatre langues utilisées dans le film, est un familier de la culture classique. Mais Godard lui fera également réciter le poète allemand Hölderlin, certains vers de *Vocation du poète*, dont les versions sont contradictoires :

« Furchtlos bleibt, aber, so muss der Mann,
Einsam vor Gott es schütze die Einfalt ihn,
Und Keiner Waffen brauchts's und Keiner
Listen, so lange, bis Gottes Fehl hilft »

(« Mais l'homme, quand il le faut, peut demeurer sans peur devant Dieu. Sa candeur le protège et il n'a besoin ni d'armes, ni de ruses, jusqu'à l'heure où l'absence de Dieu vient à son aide. »)

Il précise ensuite qu'Hölderlin avait d'abord écrit : « *So lange der Gott nicht da ist* » (« Tant que le Dieu n'est pas là ») et ensuite : « *So lange der Gott nahe ist* » (« Tant que Dieu nous demeure proche »).

Il est évident que cette discussion n'est pas ici présente comme une querelle d'érudition littéraire, mais qu'elle concerne directement le débat relatif à l'adaptation de l'*Odyssée*, le rapport des hommes aux dieux, et plus largement celui des personnages du film au Destin.

Mais Lang acteur dans *Le Mépris* incarne aussi un cinéaste créé par Godard qui s'appelle Fritz Lang et qui filme une adaptation de l'*Odyssée* pour un producteur américain. Ce que ne fera jamais le « vrai » Fritz Lang.

Godard a donc créé son personnage à partir de certains traits légendaires de la carrière du cinéaste allemand : son attitude politique lorsqu'il a fui le nazisme en 1933, sa culture classique et sa morale de l'existence. Ainsi, Camille cite en prenant son bain certaines phrases dites par Lang et reproduites dans la monographie de Moullet : « Le crime passionnel ne sert à rien... Le problème, selon moi, se ramène à la façon que nous avons de concevoir le monde. Conception positive et négative. La tragédie classique était négative, en cela qu'elle faisait de l'homme la victime de la Fatalité, personnifiée par les dieux, et qu'elle le livrait sans espoir à son destin. » Lang fait lui-même écho à ces phrases dans le film en précisant, à la fin de sa discussion sur l'interprétation du retour d'Ulysse dans l'*Odyssée* (**séquence 11**) : « La mort n'est pas une solution. »

Cette citation de Lang éclaire d'une manière particulière le geste de Paul, lorsqu'on le voit quelques moments après la lecture de Camille, aller récupérer un revolver caché derrière une rangée de livres ; et plus encore, après la mort tragique de Camille et Prokosch, victimes de la Fatalité, comme dans la tragédie classique. Ceux-ci seront les victimes expiatoires du culte de la création cinématographique que Lang prolonge dans le dernier plan du film, puisqu'« il faut toujours finir ce que l'on a commencé ».

Lang (**séquence 9**) cite également Bertolt Brecht : « Chaque matin, pour gagner mon pain, je vais au marché où on vend des mensonges, et plein d'espoir, je me range à côté du vendeur. » A Camille qui lui demande : « Qu'est-ce que c'est ? », Lang répond aimablement et non sans humour : « Hollywood. Un extrait d'une ballade du pauvre B.B. » Et Paul, toujours subtil, explicite : « Bertolt Brecht ? »

Ici, Godard renvoie à la double expérience de Brecht et de Lang à Hollywood, et à leur collaboration difficile pour *Les bourreaux meurent aussi* (1942) que Lang réalisa sur un scénario de Brecht. Le nom du dramaturge allemand n'intervient pas au hasard puisqu'il résume à lui seul l'impossible intégration d'une démarche d'avant-garde dans l'industrie hollywoodienne.

Le Mépris peut ainsi être considéré comme relevant d'une esthétique de la « distanciation » par le rapport qu'il instaure entre personnages et spectateurs, en particulier dans la séquence de la querelle conjugale. Godard sera fidèle à l'héritage brechtien, même à l'époque de la table rase révolutionnaire, comme le confirme le moment de *La Chinoise* (1967) où l'on efface d'un tableau noir tous les noms célèbres d'auteurs pour ne laisser que celui du dramaturge berlinois.

Mais à travers l'image de Fritz Lang, passe toute la nostalgie du cinéma classique de l'époque des « Artistes Associés », que cite Paul, celle de Griffith et de Chaplin, mais aussi de Rossellini, Hitchcock et Hawks que Godard ajoute à la liste de Paul par voie d'affiches (photo 14). Pour le réalisateur, l'univers du cinéma classique, « qui substitue un monde qui s'accorde à nos désirs » est lui-même assimilé à l'univers mythifié de la civilisation grecque, « d'une civilisation qui s'est développée en accord avec la nature », comme l'indique Lang.

Tout dans *Le Mépris* sera marqué par la perte du monde d'Homère, du seul monde réel, fondé sur « une réalité telle qu'elle se présente objectivement » (Lang). Le réalisateur appartient à ce monde perdu, auquel Paul aspire, et qu'il n'atteindra jamais. Vers la fin du film, Francesca lui confirme : « Vous aspirez à un monde pareil à celui d'Homère, vous voudriez qu'il existe », et elle précise ensuite : « Quand il s'agit de faire un film, les rêves ne suffisent pas ! » (phrase qui figure chez Moravia, mais dans la bouche de Rheingold.)

C'est pourquoi Lang ne tourne ni une version hollywoodienne à grand spectacle de l'*Odyssée*, ni une version révisée par la théorie psychanalytique, celle de Carlo Ponti-Mario Camerini cumulant les deux caractéristiques. Les quelques images de *L'Odyssée* de Lang que l'on voit dans le film (qui ont été filmées par Godard, bien évidemment) manifestent une recherche de la plus grande simplicité possible, d'une rigueur et d'un retour aux valeurs fondamentales du spectre coloré : le bleu de la mer, le jaune du soleil, le rouge du sang. Cette trichromie fondatrice de la palette godardienne depuis *Une femme est une femme*, trouve dans *Le Mépris* une intensité rare, celle des couleurs de l'origine, de la civilisation méditeranénne redécouverte par un émule de Matisse et de Paul Klee. La version langienne de l'*Odyssée* proposée par Godard est en fait plus proche du retour aux mythes grecs tels que Cocteau les a représentés dans *Le Testament d'Orphée* en 1960.

« Les scènes de *L'Odyssée* proprement dite, c'est-à-dire les scènes que tourne Fritz Lang en tant que personnage, ne seront pas photographiées de la même façon que celles du film lui-même. Les couleurs en seront plus éclatantes, plus violentes, plus vives, plus contrastées, plus sévères aussi, quant à leur organisation. Disons qu'elles feront l'effet d'un tableau de Matisse ou Braque au milieu d'une composition de Fragonard ou d'un plan d'Eisenstein dans un film de Rouch. Disons encore que, d'un point de vue purement photographique, ces scènes seront tournées comme de l'anti-reportage. Les acteurs y seront très maquillés. » (Godard, *Scénario du Mépris*.)

Retour aux sources vives de la Méditerranée : tel est le sens du voyage à Capri qui évoque évidemment le pèlerinage du couple anglais au bord de la rupture dans *Voyage en Italie*, autre source fondatrice du *Mépris*, tant celui de Moravia, que

63

celui de Godard. Car Godard met Lang en scène, mais il filme les dieux grecs comme Rossellini. Les rushes vus par les personnages dans la **séquence 3**, arbitrairement accompagnés d'une ample musique lyrique, citent très directement les admirables plans des statues du musée de Naples que la touriste anglaise, incarnée par Ingrid Bergman, découvre, littéralement bouleversée, dans le film de Rossellini. Godard «filme ses reproductions en plâtre avec la même sidérante noblesse» (J. Aumont) que le jeune discobole ou l'Hercule Farnèse: même cadrage en contreplongée, mêmes amples mouvements circulaires de caméra, même enveloppement musical par un grand orchestre de cordes, Georges Delerue imitant Renzo Rossellini à travers Brahms (photo 15).

15

Mais dans *Voyage en Italie*, le miracle chrétien peut encore avoir lieu, lors de la découverte des corps du couple enlacé dans les cendres de Pompéi, alors que la tragédie du *Mépris* nous décrit un monde que Dieu a abandonné.

Camille, Pénélope et Aphrodite

«Brigitte Bardot ne s'appelle plus Émilia mais Camille et on verra qu'elle ne badine pas pour autant avec Musset.» (Godard, 1963.)

Camille est le trente et unième personnage filmique auquel Brigitte Bardot prête sa silhouette. Quelques films récents dont *En cas de malheur* (Claude Autant-Lara, 1958) et *La Vérité* (Henri-Georges Clouzot, 1960) sont venus modifier l'image de l'actrice, éternelle ingénue à la moue provocante, et Louis Malle lui a fait porter une perruque brune dans *Vie privée* (1961). L'actrice est en 1963 au faîte de sa carrière. Elle peut alors prendre le risque d'interpréter un rôle dans un film audacieux d'un réalisateur de la nouvelle vague. Et le plus provoquant d'entre eux est alors Jean-Luc Godard.

Esquisse d'un personnage

Dans son roman Moravia offre, à travers le regard amoureux de son narrateur, plusieurs descriptions morales et physiques assez détaillées d'Émilie, Italienne brune « à la beauté sereine et placide ».

« Émilie était le type même de la femme d'intérieur. (...) Sa famille était pauvre. Elle-même, quand je fis sa connaissance, était dactylo. » (chapitre 2.)

« J'avais épousé pour sa beauté une dactylo simple et inculte, pleine, me semblait-il, de tous les préjugés de la classe dont elle était issue. » (Id.)

« Émilie n'était pas de haute taille, mais à cause du sentiment que je lui portais, elle me semblait plus grande et surtout plus majestueuse que toutes les femmes que j'avais rencontrées. (...) Mais plus tard, lorsqu'elle fut étendue à mes côtés, nouvelle surprise : son corps me sembla grand, large, puissant, alors que je savais bien qu'elle n'avait rien de massif. Ses épaules, ses bras, son cou étaient les plus beaux que j'aie jamais vus, ronds, pleins, élégants de ligne, souples dans leurs mouvements. (...) Émilie n'était pas une beauté, je l'ai dit, mais elle en faisait l'effet, je ne sais pour qu'elle raison ; peut-être à cause de la minceur souple de sa taille qui donnait plus de relief aux courbes de ses hanches et de sa poitrine ; peut-être à cause de son port altier et plein de dignité ; ou encore de la hardiesse et de la force juvénile de ses longues jambes à la fois robustes et élancées. Il y avait en elle cet air de grâce et de calme majesté, involontaire et spontané, qui ne peut venir que de la nature et qui pour cette raison paraît d'autant plus mystérieuse et indéfinissable. »

Alberto Moravia, *Le Mépris*, © éd. Flammarion, ch. 4.

Lorsque dans son scénario, Godard présente son héroïne, qui ne s'appelle plus Émilie mais Camille, par une association qui lie Alfred de Musset à la comtesse de Ségur (Paul et Camille) ainsi qu'à la Camilla du *Carrosse d'or* de Jean

Renoir (1952), elle est encore brune, comme Carmen et Anna Karina. La petite fille de *France tour détour deux enfants* s'appelle également Camille.

« Camille est très belle, elle ressemble un peu à l'Ève du tableau de Piero della Francesca. Il faudrait que ses cheveux soient bruns, ou châtain foncé, comme ceux de Carmen. Elle est en général grave, sérieuse, très réservée, effacée même quelquefois, avec des sautes d'humeur enfantines ou naïves. Le cinéma ne saurait se contenter de métaphores, mais le saurait-il que Camille serait représentée par une grande fleur, simple, avec des pétales sombres, unis, et au milieu d'eux, un petit pétale clair et vif qui choquerait par son agressivité à l'intérieur d'un ensemble serein et limpide. » (Godard, *Scénario du Mépris.*)

Émilie-Camille, comme la plupart des personnages de film, connut plusieurs visages d'actrices. Grâce à Brigitte Bardot, Camille devint blonde et permit à Godard de rester fidèle au côté impulsif du personnage tel que le décrivait Moravia et tel que le cinéaste le définissait dans son scénario : « Calme comme une mer d'huile la plupart du temps, absente même, Camille devient tout à coup rageuse, par saccades nerveuses, inexplicables. On se demande tout au long du film à quoi pense Camille, et, lorsqu'elle abandonne son espèce de torpeur passive et agit, cette action est toujours aussi imprévisible et inexplicable que celle d'une automobile qui roule sur une belle ligne droite et brusquement quitte la route et s'écrase contre un arbre. En fait, Camille n'agit que trois ou quatre fois dans le film. Et c'est ce qui provoque les trois ou quatre rebondissements véritables du film, en même temps que ce qui en constitue le principal élément moteur. Mais contrairement à son mari, qui agit toujours à la suite d'une série de raisonnements compliqués, Camille agit non-psychologiquement, si l'on peut dire, par instinct, une sorte d'instinct vital, comme une plante qui a besoin d'eau pour continuer à vivre. Le drame entre elle et Paul, son mari, vient de ce qu'elle existe sur un plan purement végétal, alors que lui vit sur un plan animal. » (Godard, *Scénario du Mépris.*)

Dans un entretien accordé à Jean Collet peu après la réalisation du film en 1963, Godard revient sur cette opposition esquissée dans le scénario entre « personnage végétal » et « personnage animal », notamment à propos de la direction d'acteur : « Paul Javal est le premier de mes personnages qui soit réaliste, dont la psychologie peut se justifier sur un plan purement psychologique. Bardot pas du tout. Cela vient de ce que c'est Brigitte Bardot. Si j'avais eu une autre actrice pour faire Camille Javal, le film aurait eu un aspect psychologique beaucoup plus poussé. Mais alors, le film aurait peut-être été beaucoup plus insupportable. »

De l'importance du choix de Brigitte Bardot

Camille est donc chargée de la personnalité de Brigitte Bardot et de son mythe, et à aucun moment Godard ne cherche à nous le faire oublier. Il se fonde au contraire sur cette donnée pour développer le personnage et la direction d'acteur. « Au début du film, la scène chez le producteur est filmée comme un documentaire sur B.B. actrice. On sent qu'elle attend qu'on lui dise ce qu'elle doit jouer. Dès qu'elle est dans l'appartement de Paul et Camille, elle joue son rôle. A la fin à Capri, elle en a pris conscience, elle en fait la critique. » (Jean Collet, 1963)

Le génie de Godard est d'avoir utilisé l'actrice pour plusieurs de ses qualités : sa très forte présence à l'écran, due à son aura de « star », qui offre d'emblée au personnage une dimension mythique et permet de voir en Camille une figure atemporelle de Pénélope, l'épouse énigmatique. Godard utilise également Brigitte Bardot dont le comportement est déterminé par son corps. « Camille Javal ne serait, en ce sens, rien d'autre que la languidité de Brigitte Bardot, l'esprit du corps de Brigitte Bardot », écrit pertinemment Nicole Brenez.

C'est pourquoi l'actrice ne cesse de changer d'apparence vestimentaire dans la séquence de l'appartement : on l'y voit avec une perruque noire, avec sa chevelure blonde (photos 16 et 17), en ensemble bleu marine, avec une robe à fleurs vert pâle, en peignoir jaune, entourée d'une serviette bariolée, d'une autre serviette rouge, etc., stratégies multiples pour magnifier le corps lui-même, dans sa nudité originelle, pour mettre en avant le corps face au personnage et ne plus dissimuler celui-là sous l'apparence de celui-ci.

La placidité et la nonchalance naturelles de Bardot dans ses déplacements dans l'espace ont permis à Godard d'affirmer l'opacité du personnage de Camille qui ne s'affirme que sur des sensations immédiates et brutales. Ainsi au moment même de l'émergence du mépris, où brusquement l'on voit apparaître dans son regard la rupture qui s'instaure dans la perception nouvelle qu'elle a de Paul ; ou bien son indifférence lorsque Paul soutient les thèses de Prokosch dans la salle de cinéma, et plus tard son ironie encore plus marquée lorsque celui-ci s'oppose à Prokosch dans la villa de Capri.

Brigitte Bardot donne ainsi une force extraordinaire au personnage de Camille dans la longue scène de l'appartement (voir l'analyse de la **séquence 8**, p. 94), car elle s'y déplace à peu près toujours au même rythme et énonce ses répliques sur un ton qu'elle tient d'un bout à l'autre de la scène, avec une intonation monocorde qui exaspère Paul : voir la gravité avec laquelle elle énumère la litanie de mots grossiers lorsque Paul lui dit que ça lui va mal ; l'actrice métamorphose alors en réplique tragique, grâce à son timbre très «Passy», une succession de jurons scatologiques («Trou du cul... putain... merde... nom de Dieu... piège à con... saloperie... bordel...»).

68

Inversement, Godard joue avec son intonation enfantine quand elle répète, à la fin de la **séquence 8** : « J'irai pas, j'irai pas, j'irai pas... ».

Camille est un bloc de marbre et Paul ne pourra jamais la pousser hors des limites qu'elle s'est données : « Pourquoi est-ce que tu me méprises ? » demande Paul, sur les escaliers de la villa ; et Camille lui répond : « Ça, je ne te le dirai jamais, même si je devais mourir. » **(plan 165.)**

Bardot, par sa façon d'être et de parler, a poussé Godard à accentuer l'aspect énigmatique du personnage de Camille. Son comportement aux antipodes de celui de Paul, a amplifié le statut tragique du récit, l'a plus radicalement détourné de son origine romanesque en le « dépsychologisant ». Le roman de Moravia reste avant tout un roman d'analyse, même si Émilie demeure aussi opaque au narrateur à la fin du récit. Le film de Godard est une tragédie, au sens plein et classique du terme. Camille ne peut dire pourquoi elle se met à mépriser l'homme qu'elle aimait, car cela ne dépend pas de son vouloir psychologique, de sa conscience humaine. C'est un fait du Destin.

De Camille Javal, épouse de Paul, le spectateur ne saura pas grand-chose, en dehors de son âge, de son expérience d'ancienne dactylo, et de sa faible culture générale (« L'*Odyssée*, l'histoire du type qui voyage ? »), de sa méfiance instinctive pour le milieu du cinéma.

C'est pourquoi Bardot est tout autant Camille Javal, l'épouse de Paul que Pénélope, la femme mythique d'Ulysse, celle qu'il retrouvera de toute façon à la fin de l'*Odyssée*. D'emblée, elle est donnée par la caméra comme Vénus callipyge comme l'avait noté judicieusement Georges Sadoul en 1963, en précisant l'étymologie grecque du qualificatif. L'osmose profonde entre le niveau scénaristique, celui de l'histoire du couple, et le niveau symbolique, l'*Odyssée*, est à l'origine du motif des tenues vestimentaires « à l'antique » que Godard fait porter aux acteurs dans la scène centrale du film. Camille et Paul prennent tour à tour un bain et les grandes serviettes qui les recouvrent adoptent le drapé du vêtement gréco-romain, tel qu'une certaine tradition dramatique a coutume de le représenter.

Rheingold dans le roman de Moravia donne une description précieuse de Pénélope, description qui semble informer la conception du personnage de Camille: «Pénélope est la femme traditionnelle de la Grèce antique, féodale et aristocratique: elle est vertueuse, noble, altière, religieuse, bonne ménagère, bonne mère et bonne épouse. (...) Les prétendants donc étaient amoureux de Pénélope avant la guerre de Troie et, étant amoureux, la comblaient de présents, suivant la coutume des Grecs. Pénélope, femme hautaine, austère, à la mode antique, voudrait refuser ces dons; elle tiendrait surtout à ce que son époux chasse les prétendants. (...) En homme de bon sens, il n'attache pas grande importance à la cour que font ses rivaux car il sait sa femme fidèle. (...) Bien entendu, Ulysse ne conseille nullement à Pénélope de céder aux désirs de ses prétendants, mais il l'incite à ne pas les décourager car, lui semble-t-il, cela n'en vaut pas la peine... Pénélope qui s'attendait à tout sauf à cette passivité de son époux est désenchantée, en croit à peine ses oreilles... Et Pénélope finalement, suit les conseils de son époux... Mais, en même temps, elle conçoit pour lui un profond mépris; elle sent qu'elle a cessé de l'aimer et le lui dit... Ulysse s'aperçoit alors, mais trop tard, que par sa trop grande prudence, il a perdu l'amour de Pénélope. »

Alberto Moravia, *Le Mépris*, © éd. Flammarion.

Dans le film, c'est Paul qui reprend cette analyse lors de sa discussion sur le chemin du retour vers la villa, à Capri.

Camille, personnage mythique

Cette dimension mythique de Camille est figurée dans la séquence de l'appartement par le réseau très diversifié de métaphores qui renvoie à elle: la statue de métal que frappe Paul, les peintures érotiques qu'il regarde dans le livre, la description littéraire du concours antique qu'il lit à haute voix («J'ai jugé à moi seul un concours de fesses entre trois belles...»), et plus loin dans le film, l'image du corps de la sirène lorsqu'elle se jette à l'eau, mais aussi celle du corps d'Aphrodite. D'où l'importance de la pose chez Camille, du geste arrêté que la caméra fige un instant. Camille est plus qu'un personnage, c'est un modèle mythique.

Contrairement à Paul, homme de culture mais d'une culture qui entrave son rapport au réel puisqu'il ne vit qu'à

70

travers citations et références, Camille appartient à l'ordre de la nature. En ce sens, elle fait partie de l'univers d'Homère, au même titre que Lang. A deux moments du film d'ailleurs, sa complicité avec le réalisateur allemand est fortement marquée. D'abord, pendant l'audition de la chanteuse du Silver Cine, Camille est assise à côté de Lang, loin de Paul; ensuite dans la villa de Capri, pendant la longue scène d'explication de Paul face à Prokosch, observée narquoisement de concert par Camille et Lang.

Camille incarne l'ordre de la nature non profanée par la culture, d'où sa beauté physique et sculpturale détaillée sur le mode du blason médiéval dans le prologue trichrome du film.

Richard, Michel et Paul

Richard Molteni est le narrateur omniprésent du récit de Moravia, puisque c'est lui qui raconte sa tragédie conjugale à la première personne. Il découvrira progressivement qu'il n'est plus aimé de sa femme, à la suite d'une série de malentendus. C'est une confession *a posteriori*, une relecture subjective d'une suite d'événements sur plusieurs mois. L'écriture romanesque superpose le point de vue du personnage et celui de narrateur. Celui-ci retranscrit indirectement des fragments de dialogues des autres protagonistes, ou bien résume très brièvement certains de leurs propos: on ne sort jamais du point de vue de Richard. C'est le type même de récit «à focalisation interne», pour prendre les catégories narratologiques bien connues de Gérard Genette. Dès les pre-

mières pages, le narrateur nous offre le nom de sa femme Émilie, puis celui du producteur, Battista. Il ne se nommera qu'au quatrième chapitre, par un dialogue rapporté de sa femme : « Tu vois comme tu es, Richard ?... »

Le parti pris narratif de Godard est différent puisqu'il supprime le point de vue du narrateur et la voix intérieure pour privilégier un regard extérieur, celui du cinéma : « Le sujet du *Mépris*, ce sont des gens qui se regardent et se jugent, puis sont à leur tour regardés et jugés par le cinéma, lequel est représenté par Fritz Lang jouant son propre rôle ; en somme la conscience du film, son honnêteté. »

Si un point de vue est privilégié dans le film, c'est bien celui de Lang, et, par prolongement, celui des dieux de l'Olympe d'une part, et d'autre part celui de Camille puisque seul son personnage a droit, dans le montage, à des images subjectives (les montages courts du jardin de la villa romaine, la voix *off* du message d'adieu) : « Même dans *Le Mépris*, je suis à distance normale de mes personnages, près d'eux, et en même temps très loin. C'est un film vu d'en haut. D'où le titre. Et le personnage de Lang marque assez bien cette distance, cette hauteur. » (Godard, 1963.)

Godard choisit donc un récit impersonnel alors que dans ses films antérieurs, il n'avait pas hésité à recourir à une voix *off* subjective. Cela est particulièrement net dans *Le Petit Soldat* (1960-1963) qui se présente comme un journal intérieur, une confession dont la structure est très proche du récit de Moravia. Mais en adaptant Moravia, Godard ne peut assumer le point de vue de Paul puisque celui-ci est le scénariste-adaptateur qui trahit le créateur. Il tient à affirmer plus fortement ses distances et à rompre avec une certaine complaisance du narrateur.

Richard devient donc Paul. Paul est le prénom que Godard avait précédemment attribué à l'homme que quitte Nana, au début de *Vivre sa vie*, et qu'interprète André S. Labarthe, celui dont le geste la pousse au désespoir et à la prostitution. Près de vingt ans plus tard, dans *Sauve qui peut (la vie)*, Godard appellera Paul Godard le réalisateur qu'incarne Jacques Dutronc, dont la dimension est partiellement autobiographique. Jean, Luc et Paul sont, bien sûr, trois évangélistes.

Pour incarner Paul face à Kim Novak, Godard pensait à

Frank Sinatra, Ponti à Marcello Mastroianni, déjà partenaire de Bardot dans *Vie privée*. Ce dernier, acteur principal
de *La Notte*, aurait certainement accentué la thématique très
antonionienne du récit de Moravia.

Dans le film, ce n'est plus Sinatra qu'évoque Paul mais son
comparse dans *Some came running (Comme un torrent)*:
«C'est pour faire comme Dean Martin dans *Some came
running*», dit-il à Camille à propos du chapeau qu'il n'enlève
jamais. On ne le verra qu'une seule fois nu-tête, dans une
image fugitive d'un montage court, image du passé du couple
et de leur bonheur perdu.

Dans *Le Mépris*, Lang aussi porte continuellement un
chapeau, de même que son assistant pour le tournage de
L'Odyssée, qu'interprète Godard lui-même.

Paul, sera donc interprété par Michel Piccoli, acteur choisi
par Godard qui l'avait remarqué dans *Rafles sur la ville*
(1958) de Pierre Chenal.

En 1963, lorsqu'il incarne le rôle difficile de Paul, Michel
Piccoli a déjà joué dans trente longs métrages. Il a débuté
en 1945 avec Christian-Jaque (*Sortilèges*) et surtout Louis
Daquin (*Le Point du jour*, 1948). En dehors de ses rôles
chez Renoir (*French Cancan*, 1955), Alexandre Astruc (*Les
Mauvaises Rencontres*, 1956), Luis Buñuel (*La Mort en ce
jardin*, 1956), sa carrière est plutôt liée au «cinéma de
qualité» que pourfendaient les critiques des *Cahiers*: Jean
Delannoy (*Marie-Antoinette*, 1954), Christian-Jaque
(*Nathalie*, 1957), Richard Pottier (*Tabarin*, 1958). En 1961,
il interprète des premiers rôles pour Delannoy (*Le Rendez-
Vous*) et Stellio Lorenzi (*Climats*). 1962 est une année
charnière pour lui, puisqu'on le retrouve dans *Le Doulos*,
de Jean-Pierre Melville et dans *Le Jour et l'Heure*, de René
Clément. Il triomphe à la télévision dans *Dom Juan*, mis en
scène par Marcel Bluwal. Il a également interprété un
«péplum» en 1960: *Les Vierges de Rome* (Vittorio Cotta-
favi et C.L. Bragaglia).

Godard déclarera en 1964: «J'ai pris Piccoli parce que
j'avais besoin d'un très, très bon acteur. Il a un rôle difficile
et il le joue très bien. Personne ne s'aperçoit qu'il est
remarquable, parce qu'il a un rôle tout en détails.» (*Script*,
mars 1964.)

Piccoli précisera de son côté en 1970: «Godard m'a

demandé : "Êtes-vous libre pour jouer *Le Mépris*? Alors, je vais vous donner le livre à lire!" Comme je lui ai annoncé que je connaissais déjà le roman de Moravia, il m'a simplement prévenu : "Nous commençons à tourner dans quinze jours!" Puis il m'a donné un scénario, parce qu'il y avait un scénario, enfin... un scénario où il était écrit : "Votre personnage, c'est un personnage de *Marienbad* qui aurait voulu jouer *Rio Bravo*!" J'ai tout de suite compris, il n'y avait pas besoin de dire plus... (...) Une seule fois, j'ai fait une chose contraire à ce que Godard voulait : pour la scène où Brigitte est complètement nue avec le roman policier sur les fesses, Godard avait choisi le titre suivant *Entrez sans frapper*. Il avait placé le livre de telle façon que l'on pouvait très bien lire le titre... Là, vraiment, je trouvais que c'était inutile — même si Brigitte trouvait cela très drôle — et j'ai mis le livre dans l'autre sens. Godard était furieux, mais après les rushes, il est venu me dire que j'avais eu raison. (...) Godard, il connaît le cinéma de A à Z. Il connaît tout, rien ne lui échappe. Il jongle avec la technique. Oui, il y a beaucoup d'improvisation chez lui, mais une improvisation avec une telle sûreté de pensée que ce n'est plus de l'improvisation. » (Piccoli, *Cinéma 70*, 1970, pp. 91-92.)

Le jeu d'acteur de Piccoli, par sa façon de parler en saccades désordonnées, s'oppose à merveille à celui de Brigitte Bardot, dont nous avons souligné la constance et la monotonie du débit verbal. Le dialogue de Paul multiplie les questions, les structures interrogatives inachevées. Le désarroi du personnage qui ne comprend plus les réactions de son épouse est exprimé avec subtilité par la maladresse calculée de Piccoli changeant à tout moment de rythme de parole et de geste. Paul ne sait jamais quelle vitesse adopter ; il arrive avec la nonchalance de Camille, puis tout à coup, démarre en trombe, se met à courir pour rattraper le rythme des autres personnages (son départ de Cinecittà à la fin de la **séquence 2**, la façon dont il saute dans le taxi, à la fin de la **séquence 8**).

On comprend alors que Paul offre un visage moderne d'Ulysse, qui n'est plus le héros habile à la rhétorique persuasive, mais au contraire le héros velléitaire moderne, celui qui ne sait pas s'il doit vraiment aller retrouver Pénélope, celui qui erre dans les bas-fonds de Dublin chez

James Joyce, celui qui peuple l'univers antonionien depuis la recherche de la femme disparue de *L'Avventura*. Et il ne faut pas s'étonner si cette enquête sur un sentiment passe dans *Le Mépris* par l'*Odyssée* « qui est aussi une affaire de trajectoires, de tours et de détours » (Alain Bergala).

Paul Javal est dans le film comme dans le roman, un auteur de théâtre condamné à des travaux alimentaires : romans policiers de séries, replâtrage de scénarios de films commerciaux. Godard le montre dans le film rédigeant un roman policier de commande. Il lit à haute voix le texte qu'il dactylographie d'un seul doigt : « L'avion particulier attendait dans le ciel bleu. Rex remarqua chez Paula une particularité qu'il connaissait déjà (...). »

A ce moment, le son de la machine à écrire mécanique est de plus en plus amplifié pendant qu'un panoramique recadre un tableau accroché au mur, représentant une salle d'opéra ou de théâtre : claire allusion à l'opéra de *Citizen Kane*, et au passage du film de Welles qui montre Kane terminant l'article de Leland dans lequel il éreinte la performance de Susan dans la première représentation publique de *Salammbô*.

Une seconde allusion, beaucoup plus explicite, au film de Welles, intervient un peu plus loin dans le film, lorsque, sur les marches de l'escalier de la villa vers la mer où viennent s'asseoir Camille et Paul, on pourra lire « *No Trespassing* », écrit en lettres bleues (photo 19) ; également lorsque la caméra recadre en insert et en travelling latéral le message d'adieu de Camille, avec le même mouvement qui suit les premières lignes des mémoires de Thatcher, au début de *Citizen Kane*, et qu'apparaissent les premières images de l'enfance de Kane dans la neige.

Paul a précédemment écrit le scénario de *Totor contre Hercule* ; il a épousé une belle femme d'origine modeste, une ancienne dactylo et vient d'acheter un appartement au-dessus de ses moyens du moment. Il est cinéphile (nous y reviendrons) et vient de s'inscrire au parti communiste italien, un peu sur un coup de tête : c'est à peu près tout ce que le film nous apprend sur le personnage.

Dans le scénario, Godard précise que c'est « un homme d'environ 35 ans, d'aspect antipathique, dans le genre gangster de film, mais d'une antipathie sympathique, si l'on

peut dire, secrètement attiré que l'on est par son côté renfermé, maussade, souvent provocateur, qui cache une âme tourmentée, rêveuse, qui se cherche elle-même, sans vouloir l'avouer (...). Il agit, au fond, et parle, pour se prouver lui-même par l'action et la parole, comme on prouve la marche en marchant. Il ne sait pas vivre dans la plénitude et la simplicité de l'instant présent, d'où son désarroi et ses maladresses irréparables ».

Paul est donc un scénariste-adaptateur qui exécute des commandes. La fonction qu'il exerce dans la chaîne de production du film est celle qui fut la plus violemment critiquée par l'école des *Cahiers du cinéma*, notamment par François Truffaut, en 1954, dans son célèbre pamphlet contre le tandem Jean Aurenche-Pierre Bost : « Une certaine tendance du cinéma français ». Le narrateur du *Mépris* de Moravia pratique la même forme d'expression artistique que l'auteur lui-même : il écrit un livre.

En un certain sens, Jean-Luc Godard comme Richard Molteni et Paul Javal, prostitue son talent d'auteur. C'est un des thèmes clefs qui parcourt son œuvre de *Vivre sa vie* à *Détective*, sans oublier la chaîne pornographique verbale de *Sauve qui peut (la vie)*. Il accepte d'adapter un roman d'un auteur célèbre pour des producteurs commerciaux (Ponti et plus encore Levine), avec une star compromise dans l'industrie cinématographique la plus commerciale.

Godard, non sans sado-masochisme, va jusqu'à prêter quelques traits personnels à Paul : il l'affuble d'un chapeau comme le porte l'assistant du film et leur tenue vestimentaire est très voisine. Paul a la manie des citations littéraires, il a les références filmiques et les goûts cinéphiliques de Godard (Hawks, Rossellini, Nicholas Ray), et partage son admiration pour Fritz Lang. La scène de l'appartement est nourrie d'éléments autobiographiques, etc.

Mais Godard n'est pas que l'adaptateur-dialoguiste du roman de Moravia, comme Paul doit l'être de l'*Odyssée*. Il est aussi et avant tout celui qui revendique hautement la responsabilité de la mise en scène et qui la signe : « C'est un film de Jean-Luc Godard » dit la voix *off* du générique, comme chez Orson Welles, Sacha Guitry et Jean Cocteau, trois grands modèles filmiques pour l'auteur. Godard signe doublement son film en incarnant l'assistant du réalisateur Fritz Lang : « J'ai tourné les plans de *L'Odyssée* qu'il a tourné dans *Le Mépris*, mais puisque je joue le rôle de son assistant, Lang dira que ce sont des plans tournés par sa deuxième équipe. » (Godard, 1963.)

Dans le roman Molteni écrit un livre, Godard filme une œuvre cinématographique, comme est censé le faire Lang qui filme *L'Odyssée* dans *Le Mépris*, mais justement comme ne le fait pas Paul Javal, qui, lui, vend son talent au producteur.

Ce dispositif narratif déplace tout à fait la problématique initiale de Moravia, insérant la crise conjugale dans un débat plus large sur le destin de l'art, en particulier du cinéma, au début des années 60, face à la domination économique américaine, rouleau compresseur mondial des industries culturelles. A la fin du film, l'infâme producteur sacrifié grâce à la bienveillance de la protectrice d'Ulysse et à la présence miraculeuse d'un camion-citerne, l'auteur dramatique peut retourner à sa vocation initiale et aller écrire ses pièces de théâtre, ou bien sa confession romanesque. Parallèlement, le jeune assistant-réalisateur exécute les ordres du vieux maître et obéit au devoir sacré de la création, un moment compromis par un chèque trop tentateur. Godard ne peut concevoir la création cinématographique que comme un rapport de forces, un combat titanesque et mortel entre créateurs et hommes d'argent : « Silence, on tourne ! *Silenzio !* » Et la caméra contemple la Méditerranée odysséenne qui n'a jamais été aussi bleue et aussi pure, comme au commencement du monde.

Francesca Vanini, « l'intercesseuse »

« Chacun des personnages parle d'ailleurs sa propre langue, ce qui contribue à donner, ainsi que dans *The Quiet American*, la sensation sentimentale de gens perdus dans un pays étranger. » (Godard, 1963.)

Francesca Vanini (photo 21), la traductrice-secrétaire-à-tout-faire de Prokosch, est, avec l'assistant-réalisateur de Lang qu'incarne Godard lui-même, un personnage qui n'existe pas chez Moravia.

Le personnage de Francesca est en fait le développement transformé d'un personnage de secrétaire à peine esquissé dans le roman. Molteni utilise les services d'une dactylo pour ses scénarios. Celle-ci le provoque à plusieurs reprises. Un jour, ils échangent un rapide baiser, surpris par l'arrivée inopportune d'Émilie. Godard a remplacé cet épisode par celui de la tape sur la fesse de Francesca (photo 22) dans la villa de Prokosch (fin du long **plan-séquence 78**).

22

La nationalité des protagonistes et la pluralité des langues va devenir l'**un des sujets dominants du film**, manière dont Godard intègre à son scénario les contraintes de la coproduction internationale, qui d'ordinaire les efface en postsynchronisant les acteurs en une seule langue. *Le Mépris* est aussi un documentaire sur sa production et son propre tournage, selon les théories esthétiques rosselliniennes des années 50.

Les cinq personnages principaux du film s'opposent selon leur compétence linguistique. Francesca est, avec Fritz Lang, celle qui maîtrise le plus grand nombre de langues : le français, l'anglo-américain, l'allemand, et l'italien, bien évidemment. Camille et Paul ne parlent et ne comprennent que le français. L'un et l'autre alignent maladroitement quelques mots d'anglais (au téléphone, pour répondre à Prokosch, ou bien lorsque Paul explique les raisons de son retard : « *The corner...* de la rue... *le calle...* les bang (...) *long walk, walk a long... long... long* »).

Prokosch ne pratique évidemment que l'anglo-américain, et surtout, il se comporte comme si ses interlocuteurs le comprenaient couramment, tout en leur parlant sans jamais les regarder.

Francesca et Lang sont donc du même côté, qui est celui des dieux. Le langage des humains n'est pas pour eux un obstacle et ils observent ironiquement les démêlés linguistiques des trois autres personnages, empêtrés dans leur handicap, comme des enfants immatures. D'où la très grande tension qui règne dans les rares moments où Francesca est absente, ou bien lorsqu'elle ne traduit pas : l'arrivée de Paul à la villa romaine, la séquence de la station-service.

On notera que les personnages du *Mépris* nomment les dieux grecs selon la tradition latine (Paul précise à Prokosch, lorsque celui-ci lui offre *Amor Roma*, que l'« *Odyssée* c'est en grec »). L'italien, langue du roman de Moravia, évoque l'*Odyssée* à travers la culture latine, mais Godard a conservé les noms de Minerve et Neptune afin d'accentuer la profonde « transculturalité » des débats sur l'*Odyssée*. Il est devenu impossible d'aborder directement le monde d'Homère. Pour un regard moderne, celui-ci est irrémédiablement médiatisé par un enchevêtrement de langues qui transcodent le grec initial : le latin, l'italien, l'allemand de l'archéologie du XIXe siècle, le français, l'anglo-américain des dollars de Prokosch.

Francesca est interpellée par son patronyme en italien, en voix *off*, dans les studios de Cinecittà. Godard insiste sur le nom propre : *Vanini*, qui renvoie d'ailleurs explicitement au titre du film de Rossellini, inscrit sur une affiche, *Vanina Vanini* (1961), dernier long métrage de l'auteur produit par l'industrie cinématographique. Mais plus qu'à ce récent film, c'est à *Paisa* (1946), à *Stromboli* (1951) et bien sûr à *Voyage en Italie* (1953) que *Le Mépris* fait référence. On se souvient en effet que ces trois films de Rossellini mettent au premier plan l'usage multiple des langues et les malentendus tragiques qu'elles provoquent : l'allemand, l'anglais et les dialectes italiens de *Paisa*, l'anglais, l'italien et le dialecte sicilien dans *Stromboli* et *Voyage en Italie*, trois films « indoublables » comme *Le Mépris* (et qui seront doublés malgré tout, quitte à les dénaturer totalement).

Francesca Vanini, personnage essentiellement rossellinien donc, est incarnée par une jeune actrice italienne, Giorgia Moll, qui en 1963 avait déjà participé à plus de vingt longs métrages, depuis 1955.

C'est évidemment son rôle très particulier dans *Un Américain bien tranquille* de Mankiewicz qui retint l'attention du critique Godard, en 1957. Elle y interprète le rôle d'une jeune

Vietnamienne. Or, tout autant que les films de Rossellini, *Un Américain bien tranquille* fait intervenir dans un film très dialogué, comme la plupart des Mankiewicz, plusieurs langues dans le Saïgon colonial des années 50: l'anglais, le français, le vietnamien.

On remarquera que Francesca traduit assez librement les propos des personnages, prenant l'initiative de les résumer ou de les formuler autrement. Il n'y a qu'avec Lang qu'elle discute vraiment, lors des deux versions du poème d'Hölderlin, par exemple. Elle est, la plupart du temps, le témoin qui observe narquoisement, comme le vieux cinéaste.

Ses relations avec son patron restent dans le flou. Elle se montre docile, tente d'assouplir les conflits, par exemple lors de la scène de colère de Prokosch, quand il jette les bobines du film. Mais elle refuse de dialoguer avec Paul qu'elle regardera toujours avec une certaine distance. C'est particulièrement net à la fin du film, après la mort de Camille et Prokosch, lorsqu'elle croise Paul sur les escaliers. Elle demeure le personnage le plus énigmatique du film, à l'image de son sourire. En cela, elle évoque le sourire du visage de la *Koré*, de la jeune fille, vue lors des premiers rushes (**plan 11**). C'est le messager des dieux, celui qui transmet les informations, mais sans jamais s'impliquer.

Francesca est à certains moments un double de Camille, son miroir narcissique. Comme elle, elle portera un peignoir «jaune jalousie» lors des séquences à Capri; sa démarche présente la même nonchalante élégance. Mais elle est aussi «l'autre femme», la beauté brune s'opposant à la beauté blonde de Pénélope. En ce sens, elle ajoute à Hermès le charme de Nausicaa et de Circé.

Francesca est avant tout une voix, un ensemble de phrases articulées mélodieusement, avec un certain accent italien, une intonation colorée s'opposant au timbre si parisien et enfantin de Camille: «Sa voix, ainsi, sera comme un violon supplémentaire qui paraphrase dans d'autres tons les mélodies des autres violons du quatuor formé par Camille et Paul Javal, Fritz Lang, et Jérémie Prokosch.» (Godard, *Scénario du Mépris.*)

L'assistant-réalisateur de Fritz Lang :
Jean-Luc Godard acteur

Puisque *Le Mépris* ne raconte plus, comme dans le roman, l'histoire de l'élaboration initiale d'un scénario, mais celle d'un tournage en voie d'achèvement, il était possible à Godard de mettre en scène le réalisateur et son équipe technique en action. C'est ainsi qu'il a créé le rôle du premier assistant de Lang qu'il interprète lui-même, sans que cela soit attesté au générique.

C'est évidemment pour Godard une manière supplémentaire de signer son film, en procédant à la Hitchcock, par une apparition dans son propre film.

Dans *Le Mépris*, Godard est donc l'assistant de Lang, le responsable de la deuxième équipe ; de ce fait, il endosse la paternité des plans de *L'Odyssée*, tournés par cette deuxième équipe, comme dans les grosses productions américaines. La direction d'acteur oppose le calme et la prestance de Lang, une certaine nonchalance de Paul, à la vivacité de l'assistant qui virevolte à tout instant, semblant prendre en charge les relations hystériques du tournage.

23

Godard n'est au départ qu'un figurant très modeste. Il donne quelques ordres au cadreur, Carolus (interprété par son propre assistant-réalisateur, Charles Bitsch). Ce n'est pas lui qui dit le texte du générique, mais une autre voix masculine plus grave, plus profonde et quasi sépulcrale, qui reste anonyme. Il apparaît cependant de manière très progressive. Pendant la projection des rushes, c'est une simple voix. Au **plan 36**, la script crie : « *Motore... partito... Sette cento uno, terza !* », la voix de l'assistant (celle de Godard) crie «annonce», pendant que celle de Lang crie «moteur». Mais c'est sa voix qui dirige avec Lang les prises de *L'Odyssée*.

La silhouette de l'assistant apparaît plus nettement lors du tournage de l'épisode du Cyclope, (**séquence 10**). Il est particulièrement visible des **plans 143** à **145** sur le bateau, puis au **plan 150**, car il traverse plusieurs fois le champ (photo 23).

Au **plan 143**, l'assistant italien crie au porte-voix: «*Silenzio, si gira! fuori campo!*» et l'assistant qu'incarne Godard entre dans le champ devant Camille et Paul et leur dit: «Reculez, vous êtes dans le champ.» Au plan suivant, consacré plus précisément à la mise en place des acteurs de l'épisode, l'assistant donne les ordres: «Tout le monde en place,... Alfredo... Nausicaa... Non... Ulysse, pas dans le champ... non... Le clap!», ordres retransmis au porte-voix en italien: «*Tutti a posto... Ulysse no via... vai fare da capo*», etc.

Il organise littéralement la mise en scène et prépare la prise pour Lang. A la fin du **plan 145**, Paul est au premier plan, assis sur une chaise de toile. L'assistant passe devant lui quelques secondes et le masque, comme Paul croisera Ulysse au plan final, inscrivant le triple reflet qui relie le personnage de l'assistant à Paul et à Ulysse (photo 20).

Au dernier plan de la séquence, on voit en plan général toute l'organisation du tournage sur le bateau. L'assistant court d'un bout à l'autre du champ et crie: «Monsieur Lang... Les filles sont dans l'eau.» Lang le remercie et se lève de son siège. Ulysse entre dans le cadre et la caméra fait un long panoramique vers la mer pour découvrir le sillage de la vedette qui s'éloigne au loin, emportant Camille avec Prokosch. Apparaît alors sur la continuité d'une ample phrase symphonique une image de Neptune, le bras levé.

Ici se condense l'association entre l'assistant, Paul et Ulysse, et l'imbrication du tournage de *L'Odyssée*, le voyage d'Ulysse, la prédestination divine et la tragédie conjugale de Paul qui vient, une nouvelle et dernière fois, de jeter Camille dans les bras du prétendant.

Pour parachever le rôle du destin, l'assistant intervient au dernier plan (**plan 175**), toujours comme bras séculier de Jupiter-Lang. Paul entre dans le champ et apparaît sur la terrasse où l'équipe est réunie. Il va croiser Ulysse qui marque un temps d'arrêt devant Paul, comme surpris par son double (photo 20). La voix si particulière de Godard va énumérer

83

tous les ordres techniques nécessaires au tournage du plan, en parallèle avec l'ultime conversation privée entre Lang et Paul, celui-ci faisant ses adieux au réalisateur. L'assistant crie : « Joseph, le script... N'oublie pas les cadres, Carolus... le point... Ulysse... Vers la mer... silence, on tourne... Moteur... Travelling... Silence... », tous ces ordres étant répétés en italien au porte-voix, selon un trajet inverse aux dialogues traduits par Francesca. La voix de l'assistant est au service du créateur, c'est la voix même du dieu Cinéma, celle qui ne peut s'écouter que dans le silence de la prise, en contemplant l'immensité vide et bleue de la mer Méditerranée.

On voit donc comment la présence de l'assistant est de plus en plus marquée dans le film. Au début, il n'est qu'une voix, proférée hors-champ ; dans un deuxième temps, c'est une silhouette de plus en plus active, fidèle bras droit du réalisateur. Enfin, lors de l'épilogue, l'assistant devient le porte-parole du maître, son fils spirituel, celui qui prolongera l'œuvre sacrée de la création cinématographique. En ce sens, l'assistant est le pendant masculin de Francesca. Tous deux encadrent le dieu Lang, l'un à sa droite, l'autre à sa gauche.

Enfin, le mouvement final aboutit au point où la caméra de *L'Odyssée* et celle du *Mépris* se rejoignent, celui du premier regard d'Ulysse quand il retrouve sa patrie, Ithaque.

Analyse
des séquences

Nous avons choisi d'analyser le début du film : les **plans 1** à **3** (générique : photos 24-25-26) et les **plans 4** et **5** (prologue), ainsi que la scène centrale dans l'appartement de Paul et Camille, la **séquence 8**.

Les photos présentées ci-dessus sont tirées d'une copie déposée à la Cinémathèque suisse, à Lausanne.

Le générique : le cinéma sacralisé

Description et analyse

Le générique du *Mépris* est devenu rapidement très célèbre en raison de son originalité. Il a ensuite été utilisé, comme nous l'avons noté, par une émission de télévision sur le cinéma, *Étoiles et Toiles* de Frédéric Mitterrand (mais avec le thème musical seulement, sans paroles).

Le film débute par trois brefs cartons sur fond noir :

1. « Visa de contrôle cinématographique n° 27.515. »
2. « COCINOR présente », écrit en lettres de couleurs (bleu, blanc, rouge) qui occupent une bonne partie de l'écran noir.
3. « *LE MÉPRIS* », écrit en grandes lettres rouges, doublé d'une ponctuation musicale aux violons, très marquée.

Total des trois cartons : 16 secondes environ.

Puis, l'image apparaît.

4. Plan général cadré au ras du sol. Une allée de Cinecittà en perspective très accentuée. Des bâtiments de studios à gauche en point de fuite, des rails de travelling à droite perpendiculaires à l'écran. Au fond du champ, on distingue un petit groupe de techniciens de cinéma autour d'un opérateur sur une dolly. Derrière eux, des immeubles modernes de la ville. Tout l'avant-champ est vide. Un machiniste pousse la dolly. L'opérateur cadre une jeune fille, Francesca, vêtue d'un pull jaune-orange et d'une jupe grise. Elle lit un livre, suivie par un perchman. Ils avancent très lentement vers le premier plan, dans l'axe de la caméra. La musique débute avec l'image et on entend une voix masculine grave dire en plan sonore très proche : « C'est d'après le roman d'Alberto Moravia. Il y a Brigitte Bardot et Michel

Piccoli. Il y a aussi Jack Palance et Georgia Moll. Et Fritz Lang », etc. (voir le texte intégral p. 10). La voix s'interrompt une seconde après chaque groupe de noms et la musique augmente alors légèrement de volume.

Lorsque le groupe est arrivé au tout premier plan, un panoramique ascendant recadre les personnages, puis la caméra représentée à l'image en contre-plongée. L'opérateur regarde le soleil à travers un filtre.

Le cache en cinémaScope de la caméra filmée vient se superposer à celle qui filme. La caméra filmée semble braquée sur la salle de projection. Derrière, à l'issue de la contre-plongée, on distingue le ciel très bleu.

On reconnaît clairement le chef opérateur, Raoul Coutard. A la fin du générique parlé, après le nom des sociétés de production, au moment où les deux caméras sont superposées, la voix énonce: « Le cinéma, disait André Bazin, substitue à notre regard un monde qui s'accorde à nos désirs. *Le Mépris* est l'histoire de ce monde. »

Durée du générique: 1 min 47.

Par la voix *off* et l'absence de textes écrits, après le titre même et les trois cartons initiaux, Godard rend hommage aux génériques parlés et en particulier à celui de *La Splendeur des Amberson* d'Orson Welles (1942). D'ailleurs Welles est doublement cité par la brièveté des trois premiers cartons et le titre écrit en grandes lettres, reproduisant la forme des premiers cartons de *Citizen Kane* (1941).

Co-ci-nor en tricolore renvoie au générique également tricolore d'*Une femme est une femme*. C'est une façon pour Godard d'afficher les couleurs nationales dans un film caractérisé par l'internationalisme de la production et la diversité linguistique. Cocinor est une firme française qui distribue un film français. Les trois couleurs (avec toutefois une fréquente substitution du jaune au blanc) vont ensuite structurer l'ensemble des valeurs chromatiques du film.

Le Mépris écrit en rouge colore l'écran et affiche cette couleur comme leitmotiv du sentiment. La taille des lettres, très grandes sur un écran de salle de cinéma, de plus en cinémaScope, liée aux deux notes musicales très fortes, martelle d'entrée le titre et le thème du mépris, comme un événement imprévisible et incontrôlable qui écrase le spectateur et le personnage. Il tombe littéralement du ciel. C'est, à l'évidence, un titre de tragédie. Le rouge du titre anticipe le rouge de l'Alfa-Romeo de Prokosch, le rouge du sang du prétendant, celui de l'accident, etc.

Ce rouge initial s'oppose au bleu du mot « Fin » (plan 176), couleur de la mer et symbole de la Méditerranée, bleu comme à l'origine du monde, après la disparition du rouge, noyé dans le bleu du ciel et de la mer.

L'image de l'allée du studio se caractérise par sa profondeur de champ très accentuée. Le point de fuite se perd au fond du champ. La perspective est amplifiée par la perpendiculaire des rails à droite. D'emblée, Godard joue sur la spécificité du cadrage en Scope, en occupant surtout les bords latéraux du cadre et en laissant le champ central vide.

La rue est vide, l'espace semble mort et va à l'opposé de la représentation habituelle d'un studio de cinéma, d'ordinaire filmé comme une ruche en pleine activité. Les immeubles modernes cernent l'arrière-champ, comme s'ils allaient envahir l'espace libre (« Hier, il a vendu tout, et on va construire des Prisunics », dit Francesca).

Cet espace est néanmoins occupé par un petit groupe qui arrive du fond du champ et qui va couvrir tout l'espace. L'élément dominant est l'extrême lenteur de l'avancée, accompagnant l'énumération liturgique des noms du générique parlé : il s'agit à l'évidence d'un rituel, d'une cérémonie. Francesca avance, telle la messagère des dieux, lisant son texte sacré. Cette divinisation de la représentation concerne en fin de plan la caméra elle-même, filmée comme le sera le buste de Minerve, dans la séquence des rushes. On se souvient que Dziga Vertov fait commencer *L'Homme à la caméra* par une image voisine : une caméra plein cadre, en contre-plongée, d'où émerge par le sommet un petit opérateur tenant une autre caméra sur trépied, comme Minerve-Athéna est née du cerveau de Jupiter. Ici, le cache rectangulaire du Scope vient darder son œil unique, comme Neptune regarde droit vers le spectateur, après l'apparition de Minerve.

Tout est mobilisé pour signifier le moment de la prise (de vue et du son) comme moment sacré. Et Francesca est le premier personnage de cette cérémonie.

Enfin, après la mention des sociétés de production, la voix *off* vient citer en exergue la phrase d'André Bazin, hommage au père spirituel de l'école des *Cahiers* et manifeste de l'esthétique réaliste du plan séquence que le film va illustrer à sa manière. Le cinéma va en effet substituer à notre regard un autre monde que le nôtre, celui du «monde du cinéma», pourrait-on dire; mais ce monde ne va guère s'accorder à notre désir, et ce sera l'histoire du *Mépris*.

Le prologue:
l'harmonie conjugale avant le mépris

Description du plan 5 (séquence 1).

Plongée en plan moyen sur un couple étendu sur un lit, la femme (Camille), nue allongée sur le ventre, au premier plan, l'homme en tee-shirt blanc accoudé derrière elle, de face, le bas du corps sous les draps. On distingue la tête du lit en fer forgé derrière eux. L'homme joue avec une mèche blonde de sa femme. Elle balance sa jambe. L'image est recouverte par un filtre rouge qui accentue l'atmosphère d'intimité, de chaleur intérieure du lieu. La musique du générique s'arrête en decrescendo sur les premières secondes du plan et laisse la place à la voix de Camille.

CAMILLE. — J'sais pas, j'pense que j'irai chez maman, mais après, j'sais pas.
PAUL. — Viens me chercher si tu veux... à quatre heures à Cinecittà. Je dois discuter avec cet Américain.
CAMILLE. — Oui, peut-être..

Paul continue à jouer avec la mèche de Camille. La musique commence alors (thème Camille) au moment où elle pose sa première question. Elle continue à balancer son pied.

CAMILLE, *d'une voix plutôt enfantine.* — Tu vois mes pieds dans la glace?
PAUL, *sur un ton assez grave.* — Oui.
CAMILLE. — Tu les trouves jolis?
PAUL. — Oui, très.
CAMILLE. — Et mes chevilles, tu les aimes?

Léger travelling latéral vers la droite, recadrant Camille et Paul en plan plus serré; le mouvement est très lent et se déroule en continuité pendant le dialogue.

89

PAUL. — Oui.

CAMILLE. — Tu les aimes, mes genoux aussi?

PAUL. — Oui, j'aime beaucoup tes genoux.

CAMILLE. — Et mes cuisses?

PAUL. — Aussi.

CAMILLE *(Elle baisse légèrement la tête sur l'oreiller, ne regardant plus Paul quelques secondes.)*, sur un ton plus bas. — Tu vois mon derrière dans la glace?

PAUL. — Oui.

CAMILLE. — Tu les trouves jolies mes fesses?

PAUL. — Oui, très.

CAMILLE. — Tu veux que je me mette à genoux?

PAUL. — Non, ça va. *(Il pose sa main sur ses épaules.)*

CAMILLE. — Et mes seins, tu les aimes?

CAMILLE. — Oui, énormément. *(Il fait un geste vers elle pour lui donner un baiser.)*

CAMILLE. — Doucement, Paul, pas si fort.

PAUL. — Pardon.

La musique s'interrompt un instant. Le cadre est plus proche de leur visage. Camille, à plusieurs reprises, a redressé ses mèches d'un geste de la main.

CAMILLE, *sur un ton encore plus bas, presque chuchotant à l'oreille de Paul.* — Qu'est-ce que tu préfères, mes seins, ou la pointe de mes seins?

PAUL. — J'sais pas, c'est pareil. *(Paul pose sa main sur l'épaule de Camille et la serre.)*

Le filtre rouge disparaît après deux minutes. Une lumière artificielle assez forte éclaire alors le corps bronzé de Camille. La couleur cuivrée de la chair est amplifiée par celle de la couverture jaune vieil-or. Commence un long travelling descriptif vers la gauche, le long du corps de Camille, de ses épaules à ses pieds. La musique redémarre en même temps que disparaît le filtre rouge.

CAMILLE. — Et mes épaules, tu les aimes? *(Elle se retourne et pose le doigt sur son épaule.)*

PAUL. — Oui.

CAMILLE, *sur un ton plus enfantin.* — Moi, j'trouve qu'elles sont pas assez rondes.

La caméra cadre alors le bas de ses jambes, ses pieds, puis repart en sens inverse, vers la droite pour s'arrêter en plan rapproché sur le visage de Camille de trois-quarts face.

CAMILLE. — Et mes bras?

90

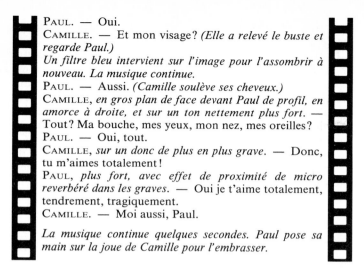

PAUL. — Oui.

CAMILLE. — Et mon visage? *(Elle a relevé le buste et regarde Paul.)*

Un filtre bleu intervient sur l'image pour l'assombrir à nouveau. La musique continue.

PAUL. — Aussi. *(Camille soulève ses cheveux.)*

CAMILLE, *en gros plan de face devant Paul de profil, en amorce à droite, et sur un ton nettement plus fort.* — Tout? Ma bouche, mes yeux, mon nez, mes oreilles?

PAUL. — Oui, tout.

CAMILLE, *sur un donc de plus en plus grave.* — Donc, tu m'aimes totalement!

PAUL, *plus fort, avec effet de proximité de micro reverbéré dans les graves.* — Oui je t'aime totalement, tendrement, tragiquement.

CAMILLE. — Moi aussi, Paul.

La musique continue quelques secondes. Paul pose sa main sur la joue de Camille pour l'embrasser.

Durée totale du plan: 3 min 7 s environ.

Puis, rupture brutale de la musique au moment du plan suivant: Paul arrive à Cinecittà et salue Francesca: «Bonjour, ça va?»

Commentaire

Il s'agit d'une des plus belles scènes d'amour du cinéma, remarquable par son audace formelle, son invention et sa pudeur. On sait que la scène fait partie des trois séquences imposées par la production (voir infra, pages 19-20). Godard a magnifiquement détourné la contrainte commerciale pour développer sur le mode du blason médiéval un hymne au corps de Camille.

L'enchaînement visuel et sonore entre le générique parlé et ce plan prologue est assez brutal. La musique s'interrompt dans les premières secondes et nous plongeons directement dans l'intimité d'un couple, représenté dans une semi-obscurité. Certes, le corps de Camille et la situation satisfont la tendance voyeuriste du spectateur de cinéma, l'image nous offre un monde harmonieux qui s'accorde à nos désirs. Mais rapidement, la forme du dialogue et le choix du filmage en plan séquence vont s'opposer à une contemplation paisible pour rejeter le spectateur à l'extérieur, comme troisième terme indésirable, comme intrus.

Nous sommes d'abord plongés dans un dialogue en cours de développement. Camille répond à une question qui n'est pas posée (elle l'était dans le dialogue initial où Paul demandait plus platement : « Qu'est-ce que tu fais aujourd'hui ? »). Le spectateur est placé devant une incertitude : « J'sais pas, j'pense que j'irai chez maman... » L'indécision du personnage est marquée par la répétition : « J'sais pas. » Ce « mode d'entrée dans la fiction », selon la terminologie de Roger Odin, est plutôt déceptif. Le spectateur aime bien avoir d'abord affaire à des personnages qui savent, ou font semblant.

Le plan qui satisfait d'abord un certain désir de voir va s'éterniser et, par là même, révéler ce désir, le mettre trop en évidence, le dénoncer. C'est un système d'opposition entre continuité et discontinuité qui va alors se mettre en place. La continuité se développe dans la durée de la prise et la succession des questions et réponses. La discontinuité contredit cette continuité visuelle par le découpage entre trois parties : la dominante rouge, puis blanche, puis bleue. La musique grave et lyrique se développe par plages rythmiques assez lentes mais elle s'interrompt pour reprendre un peu plus tard. Les filtres déréalisent la représentation, la transfigurent. Nous ne voyons plus le corps de Camille, mais le corps statufié d'une déesse antique, dessiné par la polychromie. Ce corps est à la fois plein et homogène, sculptural, tout en étant décomposé par l'énumération verbale et le parcours visuel du travelling.

L'énumération fonctionne comme un poème, le blason, très en vogue au XVIe siècle, hommage à la beauté souveraine du modèle : le blason est une description minutieuse et exhaustive, qui s'appuie sur la répétition lancinante (les « oui » successifs de Paul) fondée sur la liste des qualités de l'être aimé (cf. *Le Blason du beau tétin* de Clément Marot ou *Le Blason du sourcil* de Maurice Scève). La série de questions de Camille indique son narcissisme, la relation fétichiste à son propre corps, mais également son inquiétude sur son charme personnel et intime. Paul doit l'aimer totalement, il doit l'aimer de la tête aux pieds et, plus encore, le dire à Camille. Cette scène se présente comme un jeu érotique entre les deux amants, exprimant une réelle pudeur féminine lorsque Camille évoque, de manière enfantine, son «derrière» et baisse la voix pour parler de la pointe de ses seins.

Mais l'énumération relève de la démarche fétichiste, de la collection d'objets partiels que seul le regard de la caméra rassemble. Le spectateur-voyeur viole l'intimité d'un couple et le cinéaste met en pleine lumière avec une crudité réelle, le corps de la star, sa valeur symbolique et marchande; un corps exposé au regard, qui vaut pour la moitié du budget total de la production, et que les producteurs exigeaient de voir à l'écran, exposé sur toute la largeur du cinémaScope. Le spectateur en a, littéralement, «plein la vue», en écran large, jusqu'à l'aveuglement produit par le contraste entre fragments sous-exposés et corps en pleine lumière.

Godard remplit donc un contrat, mais il le fait à sa manière: il signe une commande en affichant son style. Il montre la star dans la splendeur éclatante de sa nudité, mais sous le regard du cinéaste. Il sait qu'il prend un risque, que cette entrée en matière sera déterminante pour le spectateur.

Enfin, filmant Camille ainsi, Godard inscrit l'amour conjugal et la tendresse apparemment harmonieuse en exergue. Il va lier le corps de Camille, par le traitement des couleurs, la description musicale, à ses apparitions ultérieures, lors des montages courts et lors de l'épilogue sur la terrasse de la villa de Capri.

La confrontation entre le scénario original et la séquence réalisée permet de mettre en valeur des différences significatives.

Dans le film réalisé, ce n'est pas Paul qui dit ce qu'il aime en Camille, mais Camille qui le lui fait dire. Paul n'apporte que son «oui», comme toute réponse, ce qui est le type même de la réponse fermée, fréquente dans le questionnement godardien. Aucune des questions de Camille ne concerne son aspect «moral», elles sont toutes consacrées à son physique. L'adverbe final de Paul, «totalement», fonctionne également comme jeu verbal, en référence à «mon tout» de la charade et du blason.

Enfin, la scène tournée ne laisse pas explicitement supposer, comme dans le scénario, que Camille et Paul ont fait, ou vont faire l'amour; elle indique seulement que c'est une possibilité. Cette scène d'amour peut être envisagée comme une scène de «désamour»: le dialogue et les mouvements des personnages font apparaître deux «décalages», ou deux «faux mouvements»: «Tu veux que je me mette à genoux? — Non ça va, répond Paul.» Et lorsqu'il fait un geste pour l'embrasser: «Doucement Paul, pas si fort.»

Ce hiatus entre les personnages va ensuite se développer tout au long du film. Lorsque Camille refusera de dire à Paul pourquoi elle le méprise, cela renforcera l'arbitraire tragique du film. Mais ce refus s'explique aussi parce que ces raisons ne sont pas dicibles par Camille, jeune dactylo de 28 ans, parce que ce mépris lui fait honte, qu'il est d'ordre moral, mais aussi d'ordre sexuel. Dès le prologue, une certaine impuissance de Paul est suggérée, impuissance que souligne la virilité trop ostensible de Prokosch (sa réaction devant la sirène nue) et la sagesse, mais aussi la vieillesse, de Lang. Cette problématique sexuelle fortement inscrite dans *Voyage en Italie* de Rossellini (les frustrations de l'épouse anglaise mises en évidence lors de ses visites napolitaines et de sa découverte des statues herculéennes du Musée) émergera dans la séquence centrale du *Mépris* lorsque Paul feuillette les reproductions des fresques romaines érotiques, aux figures très explicites.

Séquence 8:
La mise à mort d'un couple

Découpage de la séquence

La **séquence 8** débute par deux plans de transition en extérieur où l'on voit Camille et Paul arriver en bas de leur immeuble. Elle se poursuit à l'intérieur de l'appartement, du **plan 86** au **plan 128**.

En raison du nombre de plans (33), de leur durée, de la complexité des mouvements de caméra, de la longueur du dialogue, il est impossible d'en donner une description détaillée avec le dialogue intégral; il faudrait y consacrer plus de vingt pages.

Nous ne décrirons ici en détail que le premier plan avec tout le dialogue. Il s'agit de l'un des huit plans longs de la séquence.

Plan 86 (1 min 45 s): *Intérieur jour, appartement de Camille et Paul. Plan moyen fixe au départ. Camille et Paul entrent dans l'appartement. Camille est habillée en bleu marine, avec un débardeur rayé bleu marine et blanc et un bandeau bleu dans les cheveux; elle a dans les mains le livre donné par Prokosch; Paul est en costume gris clair, son chapeau sur la tête, il tient sa veste sur son épaule et son journal replié. Les murs de l'appartement sont blancs et les travaux intérieurs sont inachevés. Fin de la musique quand Camille parle.*

CAMILLE. — Quand est-ce que tu téléphoneras à ton copain pour les rideaux? *(Elle va vers la cuisine à droite (pano d'acc.)* Je commence à en avoir marre!
PAUL. — Quand il sera rentré d'Espagne. *(Il accroche sa veste à une patère, au premier plan.)*
CAMILLE, *au fond du champ, ouvre le réfrigérateur.* — Roberto m'a dit qu'il rentrait vendredi. *(A droite, au fond, on distingue une table noire et des chaises.)*

Camille ouvre une bouteille de Coca-Cola et revient dans le hall alors que Paul est sorti du champ à droite.

CAMILLE *(s'adressant à Paul, hors-champ).* — Du velours rouge, je veux ça, ou rien du tout.

Paul revient dans le champ par la droite, passe devant Camille, enlève sa cravate et se dirige vers le premier plan-gauche. Panoramique vers la gauche découvrant le couloir.

PAUL. — D'accord... Tu mets le couvert pendant que je prends un bain.
CAMILLE, *off.* — Je voulais en prendre un, moi aussi.

Au bout du couloir, une porte sans vitre centrale.

PAUL *(en ouvrant la porte).* — Bon... ben, vas-y... Moi, je vais travailler un peu. *(Il referme la porte et sort du champ par la droite.)*
CAMILLE, *alors off.* — Non, j'irai après, pendant que ça cuit *(le champ reste vide quelques secondes).*

Paul réapparaît, des feuilles à la main, il passe à travers la porte sans l'ouvrir cette fois.

PAUL. — Y'a encore les pâtes de midi, hein?
CAMILLE. — Si ça te plaît pas, c'est la même chose.

(Elle retourne vers la cuisine. Paul s'appuie au montant de la porte de la pièce.)

PAUL. — Je mets le couvert si tu veux? *(Il sort du champ à droite.)*

CAMILLE, *au fond dans la cuisine, devant l'évier.* — Je suis en train de le faire. *(Elle s'essuie les mains et se retourne, reprend le livre à gauche.)*

Travelling avant vers Camille. Elle se dirige vers le premier plan, puis vers le salon à droite. La caméra la suit. On découvre le salon avec des fauteuils bleus, un canapé rouge, des fenêtres qui donnent sur des arbres. Camille avance lentement en feuilletant le livre qu'elle pose sur la table du salon. On redécouvre Paul, assis sur le canapé en train d'enlever ses chaussures. Camille avance vers lui.

CAMILLE. — Je me suis acheté un truc ce matin... Tu vas me dire ce que t'en penses. *(Le panoramique s'arrête et cadre à gauche une statue féminine en métal. Camille sort du champ à droite. Paul s'est relevé, se dirige vers la droite, et disparaît un instant derrière le mur, cadré au milieu du plan. Il s'arrête debout au bord du cadre à droite, regarde hors champs en défaisant sa ceinture et déboutonnant son pantalon.*

PAUL, *à Camille, hors champ.* — Quel truc?

Description sommaire des plans suivants

Plan 87 (33 s). *P.M. de la chambre en légère plongée.
Camille a mis une perruque aux cheveux noirs. Paul entre
dans la chambre.*

PAUL. — Tu as envie d'aller à Capri? *(Il sort du
champ.)*
CAMILLE. — J'dis pas non; mais j'dis pas oui non plus
(...) D'ailleurs, moi, il m'a pas invitée.
Plan 88 (42 s). *P.D.E. Travelling latéral suivant Camille
vers la gauche.*
CAMILLE. — Il t'a invité toi, mais pas moi... Où on a
mis le miroir? (...)

Plan 89 (37 s). *P.M., contrechamp; la salle de bains en
légère plongée, Paul est dans la baignoire.*
CAMILLE. — Ça me va bien, non?
PAUL. — Non, moi, je te préfère avec les cheveux
blonds. (...)

Plan 90 (1 min 30 s). *P.D.E. Travelling latéral vers la droite, accompagnant Camille. Entre-temps, Paul est revenu, drapé d'une grande serviette blanche, comme d'une toge, avec son chapeau sur la tête.*
PAUL, *off.* — Je ne vois pas le rapport avec moi. (...)

La statue de femme en métal est très visible au 1er plan gauche. Paul vient lui donner des coups avec ses doigts.

Plan 91 (28 s). *G.P. du visage de Camille, vu de profil gauche.*
CAMILLE. — Tu me fais peur, Paul. D'ailleurs, c'est pas la première fois.

Plan 92 (10 s). *P.R. Plongée, Raccord dans l'axe. Camille lève une jambe entre celles de Paul et dresse son pied en pointe, puis le repose. Musique.*

Plan 93 (12 s). *P.D.E., Raccord dans l'axe. Camille se dégage et se dirige vers la salle de bains, à gauche. Pano d'acc. Paul la suit.*
CAMILLE. — Vas-y toi, Paul, à Capri, si tu veux. Moi, j'ai pas envie. D'ailleurs, j'aime pas ce type, Jérémie Prokosch, et je te l'ai déjà dit. *(Elle sort du champ.)*

Plan 94 (5 s). *G.P. Le visage de Paul, de face, dans l'encadrement de la porte de la salle de bains.*
PAUL. — Pourquoi? Il t'a fait quelque chose?
CAMILLE, *off.* — Absolument pas!

Plan 95 (31 s). *Contrechamp subjectif du point de vue de Paul: Camille en P.R., assise sur le couvercle de la cuvette des W.C., allume une cigarette.*

PAUL, *off.* — Pourquoi tu prends cet air pensif?
CAMILLE. — Figure-toi que c'est parce que je pense à quelque chose, ça t'étonne? (...)

Plan 96 (4 s) = **Plan 94.**
PAUL, *de face.* — Tu es vraiment drôle, je trouve, Camille, depuis qu'on a rencontré c'type.

Plan 97 (4 s). *Contrechamp, G.P. en légère plongée sur le visage de Camille.*

CAMILLE. — Non, je ne suis pas drôle... et je me demande pourquoi tu me dis ça?
PAUL, *off.* — Je dis ça comme ça... ce matin tout allait bien. *(Musique.)*

Plan 98 (23 s). *Contrechamp. La salle de bains en P.M. Paul appuyé au fond, Camille va vers le fond.*
PAUL. — Tout à coup, maintenant, on se dispute pour rien... Qu'est-ce qui se passe, ma petite fille?

Plan 99 (1 min 58 s). *Long plan fixe, en profondeur à trois niveaux. Raccord sur le mouvement de Camille.*

CAMILLE. — J'irai pas... (...)

Elle entre dans la chambre, disparaît du champ. Paul la suit, s'assoit sur le lit et enfile ses chaussettes. Camille réapparaît sans sa perruque brune.

Plan 100 (45 s). *P.D.E. La chambre. Camille est allongée sur le lit; elle raccroche le téléphone et donne un violent coup de pied à Paul.*

CAMILLE. — T'es complètement fou, mon vieux! (...) Si tu recommences, Paul, je divorce. (...)

Plan 101 (1 min 55 s). *P.D.E. dans le salon. Paul arrive à gauche. Camille installe la couverture sur le canapé, pose son oreiller et s'allonge. Paul s'assoit à ses pieds et lui caresse les chevilles* (photo 31).
CAMILLE. — Sois pas fâché, simplement, je peux plus dormir la fenêtre ouverte. (...) *Elle sort une carte de la poche de son pantalon et lit:* «Partito comunista italiano.» Tu ne m'avais pas dit que tu t'étais inscrit.

Paul lui arrache la carte des mains.

Plan 102 (22 s). *P.M. Paul sur le canapé. Il range la carte dans sa poche et prend le livre sur la table basse.*

Plan 103 (25 s). *G.P. sur les pages du livre que feuillette Paul: des reproductions de fresques romaines représentant des couples faisant l'amour.*

PAUL, *off.* — Non, ce travail ne m'intéresse plus (...) Si je le faisais, c'était par amour pour toi.

Plan 104 (46 s). *G.P. Paul feuillette le livre hors champ.*

PAUL. — De toutes façons, c'est inutile puisque tu ne m'aimes plus.
CAMILLE, *off.* — Première nouvelle. (...)

Plan 105 = plan 103 (14 s). *G.P. sur les pages du livre.*

PAUL, *off.* — Il n'y aura qu'à hypothéquer l'appartement quand on aura plus d'argent.
CAMILLE, *off.* — Quelque chose te fait penser que je ne t'aime plus?
PAUL, *off.* — Oui. (...)

Plan 106 (27 s). *P.D.E. Le salon en profondeur de champ. Paul assis sur le canapé feuillette le livre.*

CAMILLE, *off.* — Quoi?
PAUL. — Tout! (...)

Plan 107 (2 min 37 s). *Contrechamp. P.R. Paul de face, appuyé sur le montant de la porte, vient s'asseoir sur le rebord de la baignoire. Camille lit un livre sur Fritz Lang.* (photos 28 et 29)

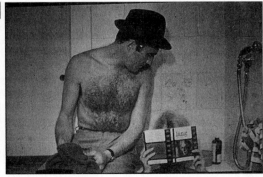

PAUL. — Ce matin, tu n'étais pas comme ça... Hier non plus. Comme tu me regardes aussi. (...)

Plan 108 (33 s). *G.P. du visage de Camille, qui avance et pose sa tête sur le mur blanc.*

CamillE. — Écoute... Trou du cul, putain, merde, nom de Dieu, piège à con, saloperie, bordel... Alors, tu trouves que ça me va toujours mal? *(Musique.)*

Plan 109 (41 s). *P.D.E. Le salon en prof. de champ. Mur et statue de femme au 1er plan. Camille sort de la salle de bains. Paul avance vers le salon. Il est habillé et met ses chaussures.*

Paul. — Pourquoi tu ne veux plus qu'on fasse l'amour?

Camille, vêtue de la serviette rouge, s'allonge sur le canapé et se découvre les fesses.

Camille. — Très bien, allons-y, mais vite!

Paul, *off, en voix intérieure*. — J'avais souvent pensé depuis quelque temps que Camille pouvait me quitter, j'y pensais comme à une catastrophe possible.

Du **plan 110** au **plan 119**, série de plans en montage-court sur les voix *off* de Camille et Paul.

Plan 110 (12 s). *Plongée, Camille nue, allongée sur une fourrure blanche. Elle relève la tête.*

Plan 111 (9 s). *P.E. Camille en pantalon, court dans une forêt d'automne.*

Plan 112 (6 s). *G.P. Camille avec sa perruque noire, assise sur le canapé rouge.*

Plan 113 (12 s). *P.R. Camille allongée nue de dos, sur une couverture bleu nuit.*

Plan 114 (12 s). *P.D.E. La chambre (rappel du plan 100), Camille donne un coup de pied à Paul pour le chasser.*

Plan 115 (12 s). *P.R. Camille assise sur le canapé, boit un café. Elle jette un regard hors champ.*

Plan 116 (8 s). *P.R. sur les jambes et les fesses nues de Camille, elle est allongée sur le canapé rouge.*

Plan 117 (3 s). *P.D.E. de la terrasse de la villa de Capri. Camille en peignoir jaune est suivie par Paul.*

Plan 118 (5 s). *P.D.E. en travelling avant. L'Alfa-Romeo de Prokosch à Cinecittà.*

Plan 119 (21 s). *Reprise du plan 100. Camille allongée nue sur la fourrure blanche. Elle baisse puis relève la tête.*

Fragments du texte off *dit par Paul et Camille pendant ce montage.*

CAMILLE. — Autrefois (...) tout s'accomplissait avec une inadvertance rapide, folle, enchantée...

PAUL. — Maintenant, cette inadvertance était totalement absente de la conduite de Camille, et par conséquence de la mienne. (...)

Plan 120 (41 s). *Suite du plan 109. Le salon en P.D.E. Paul remet la serviette sur les fesses de Camille* (photo 31).

PAUL. — Ne sois pas comme ça! *(Il va lacer ses souliers.)*
CAMILLE. — Comment est-ce que je suis?
PAUL. — Tu le sais très bien. (...)

Plan 121 (2 min 34 s). *Contrechamp, P.R.*

PAUL *entre dans son bureau et va s'asseoir devant sa machine à écrire. Il place sa feuille et lit:* «L'avion particulier attendait dans le ciel bleu...» (...)

Plan 122 (53 s). *P.D.E. en plongée. Camille assise sur le lit dans la chambre répond au téléphone et feuillette le livre d'art romain.*

CAMILLE. — On parlait de vous. Oui... Euh, *Talk of you*, de votre film, *movie*... oui, *L'Odyssée*,... L'histoire du type qui voyage. A Capri, est-ce qu'on pourra nager? *swim*... je ne sais pas... Voilà Paul... Je vous l'passe.

Plan 123 (1 min 51 s). *P.D.E. Travelling latéral suivant Camille. Elle a remis la perruque brune.*
PAUL, *off*. — On mange pas?
CAMILLE. — J'ai pas envie d'acheter des trucs et de remonter.
PAUL, *off*. — Eh bien... Très bien. On va rejoindre Prokosch et Fritz Lang au cinéma. (...)

Il appuie sur l'interrupteur de la lampe qui s'éclaire.

Plan 124 (2 min 27 s). *Raccord dans l'axe, l'abat-jour en gros plan. Série de travelling latéraux très lents de droite à gauche, puis de gauche à droite découvrant le visage de Paul et de Camille.*

PAUL. — (...) Tout à l'heure, avant que le téléphone sonne, je t'ai dit que je ne voulais plus faire ce travail, parce que je n'étais plus sûr de ton amour...
CAMILLE. — Comment est-ce que tu peux savoir ce que je pense... Justement, ça m'est complètement égal, cet appartement, vends-le... j'm'en fous. (...) *off.* Je sais pas. Tout ce que je sais, c'est que j'taime plus.
PAUL. — C'est chez Jérémie Prokosch, quand tu m'as vu donner une tape sur le derrière de Francesca Vanini?
CAMILLE. — Oui, admettons que c'est ça. Bon maintenant, c'est fini. On en parle plus. *Elle se lève.*

Plan 125 (53 s). *P.D.E. en plongée. Raccord sur le mouvement de Camille.*

PAUL, *off.* — Depuis ce matin, il s'est passé quelque chose... qui a changé l'idée que tu avais de moi, donc ton amour pour moi.
CAMILLE. — Tu es fou, mais tu es intelligent. (...)

Plan 126 (4 s). *P.R., Paul de face, avance dans le couloir. Il ajuste sa cravate.*

PAUL. — Camille! *(Musique.)*

Plan 127 (7 s). *Contrechamp. Travelling sur Camille qui sort de l'appartement et descend quelques marches.*

CAMILLE. — J'te méprise! voilà le sentiment que j'ai pour toi. C'est pour ça que je t'aime plus. J'te méprise. *(Musique.)*

Plan 128 (9 s). *Paul en P.R.T. de profil devant une bibliothèque change de chapeau et prend un revolver caché derrière une rangée de livres rouges.*

CAMILLE, *off.* — Et tu me dégoûtes quand tu me touches. *(Musique.)*

*Puis deux plans de transitions en extérieurs (**129** et **130**). Fin de la séquence 8.*

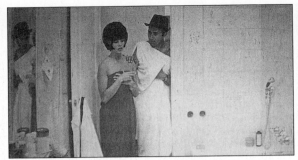

Liste des abréviations utilisées: G.P.: gros plan; P.R.: plan rapproché; P.R.T.: plan rapproché taille; P.M.: plan moyen; P.D.E.: plan de demi-ensemble; P.E.: plan d'ensemble; Pano d'acc.: panoramique d'accompagnement; Rac.: Raccord; mouv.: mouvement; C/Ch.: Champ/Contrechamp.

Commentaire

Dramaturgiquement, toute la séquence repose sur la durée. En 1963, il s'agit de l'une des séquences les plus longues de l'histoire du cinéma narratif (près d'une demi-heure). La mise en scène épouse le déplacement continu des personnages, que l'on suit d'une pièce à l'autre, dans le détail de leur vie quotidienne. Cette durée est fondée elle-même sur un certain nombre (huit) de plans longs et continus qui rythment la séquence, du point de vue du montage.

« En gros, le principe de cette séquence est le même que pour celle de la chambre dans *A bout de souffle*. Mais autant celle-là était linéaire du début à la fin, commençait, continuait et se terminait sur le même ton, autant celle-ci doit être composée de montée vers un paroxysme, de redescente vers le calme ; de remontée vers un autre paroxysme, puis de redescente vers un autre calme ; puis d'une troisième montée et descente. La première montée sera une scène d'amour ratée entre eux. La deuxième, le faux départ de Camille, la troisième, une crise de rage de Paul. » (Godard, *Scénario du Mépris*, 1963.)

Dans le film, la séquence est plutôt structurée sur un *quadruple* mouvement de montée de la tension, puis d'accalmie provisoire, selon les principes les plus classiques de la construction dramatique. C'est la forme inédite et provocante de cette construction qui apparaissait aux yeux des critiques de l'époque, comme de la durée brute, restituée telle quelle, avec l'apparence de la vie quotidienne la plus banale.

1. On peut distinguer une première phase du **plan 86 au plan 90**, qui part de l'entrée du couple dans l'appartement et culmine avec l'histoire de l'âne Martin, la phrase de Camille « Parce que tu es un âne », suivie de la gifle donnée par Paul. Le découpage change alors de structure (gros plan au **plan 91**).

2. La seconde phase part du **plan 93**, du nouveau départ de Camille qui se dégage de Paul, et se développe jusqu'au **plan 99** lorsque Camille expulse violemment Paul de la chambre, prenant l'appel téléphonique de sa mère.

3. La troisième phase part du **plan 101** lorsque Camille va installer sa literie sur le canapé. Elle culmine avec la tirade des « mots vulgaires » (**plan 108**) et la phrase de Paul

« Pourquoi tu ne veux plus qu'on fasse l'amour? », immédiatement suivie de la réplique cinglante de Camille.

La scène, alors arrivée à un point limite de l'affrontement conjugal, est brusquement interrompue dans sa durée par les voix *off* alternées et le montage court exaltant le charme physique de Camille et la nostalgie du bonheur perdu.

4. Enfin, la quatrième et dernière phase, celle qui aboutit à la rupture irrémédiable et à l'aveu du mépris, commence au **plan 121**, lorsque Paul se met à la machine pour rédiger quelques lignes de son roman policier. Elle se termine au **plan 125**, après la confrontation, de chaque côté de l'abat-jour, lorsque Camille se débat et donne une série de gifles à Paul (photo 33). Les trois derniers plans, assez brefs, matérialisent par leur rythme l'aspect irréversible de l'affrontement et la fuite de Camille hors du lieu de la conjugalité.

Les ressorts dramatiques de l'action sont assez simples : il y a les deux appels téléphoniques, celui de la mère, puis celui de Prokosch qui structurent les phases 2 et 4 ; les moments d'accalmie sont fondés sur des récits, celui de l'âne Martin, et des lectures, le jugement de Pâris, la lecture des déclarations de Lang par Camille, celle du roman policier par Paul. Deux de ces récits-lectures sont liés aux bains que prennent à tour de rôle Paul et Camille.

Organisation de l'espace et longueur des plans

Le premier plan de la séquence (**plan 86**), d'une durée de 1 minute 45 secondes, apporte le principe de construction de la durée et du traitement de l'espace qui domine toute la scène. La caméra suit en continuité les déplacements des personnages, de Paul d'abord, puis de Camille, dans l'espace de l'appartement.

La caméra est ici extérieure au point de vue des personnages qu'elle enregistre d'un troisième côté virtuel, bien que le décor soit réel. Pendant que Paul est parti du côté de son bureau, la conversation se prolonge et Camille lui parle hors champ.

Le déphasage des personnages est représenté par le dialogue fragmenté, l'échange de répliques d'une pièce à l'autre, qui entrave tout échange de regard et ampute la communication verbale d'une dimension ici décisive : « Quelque chose se passe qu'ils ne peuvent ni entendre ni regarder parce qu'ils ne sont jamais à la bonne place, soit qu'ils se déplacent au mauvais rythme, soit qu'ils esquivent leur immobilité réciproque. » (A.M. Faux, 1985.)

Mais le même phénomène trouve aussi son expression plastique. La position des personnages souligne la latéralité de la composition visuelle entre les deux bords du cadre en CinémaScope. Au début du plan, Camille s'arrête un instant, de profil vers la droite, regardant vers le hors champ. A la fin du plan, c'est Paul qui occupe cette position dans le cadre, debout, regardant hors champ vers la droite. Les quatre cinquièmes de l'image sont occupés par le mur et la statue de métal, à gauche, qui semble tourner le dos à Paul. A plusieurs reprises, pendant le déplacement des acteurs, Godard les cadre systématiquement sur les bords de l'image, évitant la mise en scène au centre. Ces positions entraînent également des croisements dans le champ puisque les deux personnages ne cessent de parcourir l'espace.

La composition latérale qui accentue l'effet de surface de l'image est paradoxalement combinée, à certains moments, avec une composition en profondeur de champ : ainsi lorsque Camille va prendre le Coca-Cola dans la cuisine, lorsque Paul traverse la porte du couloir, et plus encore lorsqu'elle le rejoint par le premier plan en feuilletant le livre, alors que son mari est assis sur le canapé, au fond du champ, et qu'il enlève ses chaussures.

Tous ces paramètres visuels **soulignent l'espace qui *sépare* les personnages** au lieu de les réunir dans l'intimité : « Ce quelque chose qu'il aurait fallu entendre et regarder n'est ni dans le mot, ni dans le geste, mais entre les deux, quelque part dans cet espace qui sépare les personnages et qu'ils parcourent en tout sens. » (A.M. Faux.)

Cette constitution latérale du champ, exceptionnelle au cinéma, liée ici à l'usage des particularités du cadre en Scope domine toute la scène, principalement lors des huit plans-séquences qui la structurent. Ce plan initial (**plan 86**) est d'ailleurs en grande partie reproduit en fin de séquence, au **plan 123**, avant-dernier long plan de la scène. Godard boucle ici à un autre niveau le système visuel et le développement dramatique.

Dans ce **plan 123**, Camille parcourt en sens inverse le trajet qu'elle avait suivi en entrant dans l'appartement. Une représentation graphique du déplacement des personnages permettrait de mettre en évidence l'homologie formelle de ces deux plans, et les légères différences qu'apporte le second. La mise en scène répète certains éléments : les trajets, le livre que porte Camille, la feuille du manuscrit qui passe des mains de Paul au plan 86 aux mains de Camille au plan 123 ; mais le second plan connaît une conclusion nouvelle et une position inédite. Le moment de l'ultime confrontation est arrivé.

Refusant le classique champ/contrechamp, Godard choisit le face-à-face de chaque côté de l'abat-jour blanc et une interminable série de lents travellings latéraux gauche-droite, puis droite-gauche jusqu'à ce que Camille au comble de l'exaspération se lève, et que Paul explose d'une colère contenue jusqu'ici.

On peut donc distinguer deux types principaux de plans longs :

— les **plans** avec des **trajectoires complexes de personnages** et de **caméra** (**plans 86, 90, 123**), que nous avons analysés ;

— des **plans fixes** ou **partiellement fixes (plans 99, 101, 107, 121)**. Le **plan 124**, celui de l'abat-jour cité à l'instant, se distingue de l'ensemble par son échelle (gros plan) et sa construction plastique (les lents travellings latéraux).

Nous ne dirons rien du **plan 90** qui fonctionne comme les **plans 86** et **123**. Le **plan 99** est par contre remarquable par son parti pris ostensible de fixité, lié à sa longueur (près de deux minutes). Alors que Paul et Camille traversent plusieurs fois le champ, la caméra s'arrête brutalement de bouger. Elle conserve le même angle fixe, avec une composition en profondeur à trois niveaux, superposant les murs blancs (le salon, le couloir, la chambre). Cette blancheur est accentuée par le bouquet de fleurs artificielles blanches qui occupe une grande partie de la surface du cadre à gauche.

L'essentiel de l'action est représenté *à l'intérieur* du cadre de la porte de la chambre, cadre dans le cadre, triplement surcadré : *Paul récupère la serviette rouge que lui jette hors*

champ Camille. Il va répondre au téléphone dans la chambre.
Camille revient dans le champ, le chasse de la pièce. Paul sort,
reste un moment à écouter derrière la porte, puis ouvre et entre.

Pendant toutes ces actions, la caméra ailleurs fort remuante, reste immobile, clouée au sol, soulignant la maladresse de Paul, l'aspect dérisoire de son mensonge à la mère, son allure pitoyable lorsqu'il attend derrière la porte, tel un enfant puni. Godard pousse la cruauté jusqu'à le filmer enfilant sa ceinture dans son pantalon, en essayant de tenir un pan de sa serviette blanche. Paul est enfermé dans ce cadre surcadré. Il est enfermé *à l'extérieur* de la chambre conjugale.

Sa maladresse est à nouveau soulignée lors du long **plan 101**, lorsqu'il caresse les jambes de Camille, puis ses chevilles, et qu'il ne sait quoi lui répondre comme pris en faute, lorsqu'elle trouve sa carte du parti communiste (photo 31).

Les deux autres longs plans fixes sont des plans de lecture-écriture qui marquent l'absence de dialogue, ou plus exactement la communication indirecte, par l'intermédiaire du texte tiers :

— lecture des déclarations de Lang par Camille **(plan 107)**
— lecture par Paul des lignes du roman policier qu'il écrit **(plan 121)**

La fin de la séquence voit le triomphe des longs plans continus qui s'enchaînent les uns les autres : **plans 121, 123, 124** ; les **plans 121 et 124** étant parmi les plus longs de la scène. La durée s'étire comme interminablement, la tension atteint son paroxysme autour de l'abat-jour et du va-et-vient de la caméra. C'est Camille qui décide alors de sortir, par un épilogue monté en trois plans courts **(plans 126, 127, 128)**.

Montage et regard des personnages

La séquence ne comprend pas que des longs plans continus. Malgré son parti pris de continuité, à certains moments, Godard a recours à des plans rapprochés, à un montage en champ contrechamp, à des inserts et des échanges de regard. A chaque fois, cette forme de montage instaure une rupture de rythme, marque un point culminant, un moment crucial.

Première rupture : la gifle

Le premier gros plan conclut la première phase de la querelle. Il suit immédiatement la gifle que donne Paul à Camille. Il est consécutif au long **plan 90** qui montrait Camille traverser le salon en racontant l'histoire de l'âne Martin. La gifle que donne Paul entraîne une rupture d'échelle et de rythme. Un raccord montre le visage de Camille, cadré de profil gauche : « Tu me fais peur, Paul. D'ailleurs, ce n'est pas la première fois. » Le plan suivant marque un effet de style. Il montre en plongée et en raccord dans l'axe, les pieds du couple, face à face, et le geste de la jambe de Camille qui monte et descend, métaphorisant le baiser échangé hors champ, sur un ample développement lyrique de la musique de Delerue.

Seconde rupture : le regard pensif de Camille

Les gros plans de la série **94-97** marquent un échange de regard plus classique entre Paul et Camille. Camille est partie vers la salle de bains. Paul la suit. Il continue à la harceler de questions à propos de Prokosch. Au **plan 94**, il est cadré en gros plan de face, dans l'encadrement de la porte de la salle de bains : « Pourquoi, il t'a fait quelque chose ? » (photo 18), plan suivi d'un contrechamp sur Camille en plan rapproché, assise sur la cuvette fermée des W.C. et allumant une cigarette.

Les **plans 96** et **97** redoublent l'alternance Paul/Camille, le dernier amplifiant l'expression de celle-ci par un nouveau rapprochement d'échelle. Mais, bien que le montage parte d'un plan de Paul, la mise en scène privilégie le regard de Camille. En **94**, Paul baisse les yeux. Camille le fixe sévèrement au **plan 95**, après la question de Paul : « Pourquoi tu prends cet air pensif ? », suivie de la réponse : « Figure-toi que c'est parce que je pense à quelque chose. Ça t'étonne ? »

Au cours de ce montage alterné, les phrases de Paul sont majoritairement entendues hors champ, alors que celles de Camille le sont lorsqu'elle est à l'image. Le jeu de la comédienne, sa manière de fumer, accentuent la dureté de l'expression du personnage : « Non, je ne suis pas drôle... et je me demande pourquoi tu me dis ça ? », suivi de l'embrouillé : « Je dis ça comme ça » de Paul (**plan 97**).

110

Troisième rupture : le regard distrait de Paul sur les fresques érotiques

La série des **plans 103-105** est plus franchement consacrée au regard de Paul. Au plan précédent, il feuillette le livre *Amor Roma*, assis sur le canapé. Camille est dans la salle de bains. Paul : « D'ailleurs, moi non plus, j'ai pas envie d'aller à Capri. » Elle vient de lui crier *off* : « Pourquoi ? t'es idiot, vas-y... Paul, viens ici. » Paul ne répond pas à la demande de sa femme, il ne l'entend pas et au lieu d'aller la retrouver, contemple distraitement les fresques érotiques du livre. Le **plan 103** montre en inserts une dizaine de reproductions de fresques romaines représentant des couples faisant l'amour dans des positions variées. Simultanément, Paul reste assis et dialogue hors champ avec sa femme qui lui répète : « Viens ici ! » alors qu'il continue à parler de sa décision concernant le scénario, et de « ce travail qui ne l'intéresse plus ».

Au **plan 104**, un gros plan de Paul qui lit le livre, la subjectivité du montage est soulignée, subjectivité que confirme le retour à un insert du livre au **plan 105**. La demande d'amour que Paul n'entend pas, la surdité et la maladresse du personnage sont, une fois de plus, accentuées par Godard qui fait lire à Paul le texte du jugement de Pâris évoquant « l'éblouissante nudité du corps des trois belles, les jambes écartées et la chair neigeuse qui prenait un ton plus vermeil qu'une rose de pourpre ».

A la nouvelle question de Camille : « Quelque chose te fait penser que je ne t'aime plus ? » Paul, après avoir évoqué l'hypothèque de l'appartement et tourné une page, répond que oui.

La série de gravures érotiques du livre et la description des charmes physiques des trois belles condensent toute la charge sexuelle de la séquence, charge refoulée par Paul et par une mise en scène pudibonde qui recouvre le corps des acteurs d'amples serviettes à l'allure gréco-romaine. Les gravures représentent la scène d'amour refusée, celle qui n'a pas été montrée dans le prologue et après laquelle Paul ne cessera de courir et discourir. Paul et Camille vont se croiser, se frôler et, à tout moment, s'esquiver.

Le premier baiser échangé est détourné dans le hors champ, le second sera une chaste marque de tendresse sur la joue de Paul (**plan 121**). Les caresses sur les cuisses de Camille

111

tournent court. Paul se raidit dans sa forteresse verbale et son questionnement. Il s'y emmure et ne peut qu'en sortir par la violence.

Musique

La musique de Georges Delerue est très souvent présente dans la séquence, comme d'ailleurs dans tout le film. C'est une musique orchestrale, fondée sur l'utilisation des cordes. Sa couleur principale relève du romantisme, d'un style proche d'un disciple de Johannes Brahms. Elle contribue fortement à élaborer la dimension lyrique du film, atténuant le parti pris de rigueur plastique et la dureté psychologique de l'affrontement dans la **séquence 8**. Elle relie celle-ci à l'ensemble des autres parties du film, où son apparition est constante. On remarquera qu'elle est souvent « mixée » à un niveau très fort, et en superposition sonore avec les paroles qu'elle enveloppe.

Nous rappellerons ici que les thèmes musicaux interviennent dès le début du film : lors du titre, lors du générique parlé, lors du plan-prologue (voir nos analyses précédentes), lors de la séquence de la projection des rushes (**séquence 3**) : tous les plans de *L'Odyssée* de Lang sont amplement accompagnés par la musique du film ; enfin, pendant les **séquences 5** et **7** dans la villa de Prokosch, lors des montages courts. Ces thèmes sont très voisins les uns des autres. Godard les utilise comme des leitmotive et les répète inlassablement. On peut distinguer deux thèmes principaux : celui du générique et le thème de Camille. (Le disque de la musique du film édité par Delerue distingue quatre thèmes : Générique, Camille, Rupture chez Prokosch et Capri, mais les trois derniers sont à peu près identiques.)

Le thème développé pendant le générique initial est celui du cérémonial cinématographique ; il sera à nouveau présent pendant les rushes de Lang et lors des scènes de tournage à Capri. Il est repris ici en fin de séquence, au moment du départ de Camille et va suivre les personnages jusqu'au cinéma Silver Cine.

Le second thème réunit Camille, Capri et *L'Odyssée*. C'est celui qui est systématiquement repris dans la séquence, toujours lié au personnage de Camille-Pénélope, à ses déplacements, actions et sensations.

La musique intervient **six fois** pendant le déroulement de la séquence; souvent pendant plus d'une minute, en recouvrant plusieurs plans consécutifs. Elle accompagne d'abord l'entrée des personnages. Tous les moments de transitions du film sont fortement musicalisés. Ainsi, Camille et Paul quittent la villa romaine de Prokosch, arrivent devant leur immeuble par un trajet très musical, avec le thème de *L'Odyssée* que confirme le plan de Minerve (**plan 83**). Le thème s'arrête au moment où les deux personnages pénètrent dans l'appartement.

1. Le thème de Camille reprend aux **plans 87-88**, au moment où Paul vient de demander: «Est-ce que tu as envie d'aller à Capri?» (fin du **plan 87**). Camille se lève et sort de la chambre. Son trajet dans le salon, où elle croise ostensiblement la statue, est ponctué musicalement jusqu'au moment où elle observe sa coiffure brune dans le miroir. Camille est ainsi renvoyée trois fois à Pénélope: par la perruque, par la statue, enfin par la musique.

2. La seconde occurrence intervient après la gifle de Paul, lorsque Camille se retourne et demande pardon. La musique accompagne alors le baiser et le geste de tendresse de l'épouse. Elle s'interrompt au départ du plan rapproché (**plan 95**) du visage de Camille, quand elle a allumé sa cigarette et que Paul lui demande: «Pourquoi tu prends cet air pensif?» (**plan 92** jusqu'au début du **plan 95**). Ici, c'est la fonction lyrique et sentimentale de la musique qui est mobilisée, au moment où Camille dresse son pied grec (**plan 92**).

3. La troisième occurrence intervient sur les **plans 98** et **99**. Elle est toujours liée à Camille. Celle-ci, dans la salle de bains, se lève. Paul lui dit: «Tout à coup, maintenant, on se dispute pour rien... Qu'est-ce qui se passe, ma petite fille?» Le thème musical accompagne les phrases de Camille, son attitude ludique et enfantine: «J'ai envie de m'amuser... J'ai peur de m'ennuyer... J'irai pas... J'irai pas.. etc.» Il continue au début du **long plan fixe 99**, alors que Camille est hors champ dans son bain, matérialisant la présence du personnage alors que Paul va répondre au téléphone. Il s'interrompt quand il décroche.

La musique atténue ici la tension produite par la longueur

et la fixité du plan. Elle prolonge en écho l'aura du personnage de Camille.

4. Suit une longue partie sans musique (**plan 100** à **109**, épisode du transport de la literie, de la lecture du livre sur les fresques). Le thème de Camille reprend au **plan 109**, après le gros plan et la tirade des mots vulgaires. Il va partir sur tout le plan, lorsque Paul demande : « Pourquoi tu ne veux plus qu'on fasse l'amour ? » et se développe pendant plus de deux minutes sur le montage court (**plans 110-120**). Il se prolonge même sur le plan suivant, jusqu'au moment où Paul part théâtralement dans son bureau (**fin du plan 120**).

Pour être tout à fait précis, il faut signaler que la musique s'interrompt quelques secondes au milieu du montage court au **plan 114**, qui montre un bref rappel de la séquence (le coup de pied donné par Camille).

Ce long développement musical prolonge le lyrisme du montage et magnifie la splendeur du corps de Camille. La musique est ici sacralisante, elle accompagne les deux voix masculine et féminine, à la manière d'un récitatif.

5. La cinquième intervention musicale est plus brève. C'est le dernier moment d'expression lyrique. Le thème reprend au **plan 121**, lorsque Camille vient de donner un baiser à Paul, à sa machine à écrire, et qu'elle se dirige vers la pièce du fond. Tout son trajet autour de l'échelle, dans le couloir, est accompagné de musique jusqu'au moment où elle revient vers Paul et lui dit : « Quand Prokosch téléphonera, dis-lui que tu vas à Capri. » La musique s'interrompt alors sur le mot Capri. C'est la dernière chance de Paul, le dernier mouvement de tendresse de Camille. D'où la disparition totale de la musique pendant les dernières minutes de la séquence, pendant tous les longs **plans 122-125**, et pendant les travellings latéraux autour de l'abat-jour.

6. La dernière intervention musicale est différente. Il s'agit cette fois du thème « Générique », qui intervient aussitôt après la série de gifles de Camille et va accompagner le montage court de la fin de la séquence ainsi que le trajet des personnages, jusqu'à ce qu'ils retrouvent Lang et Prokosch dans le cinéma. C'est l'intervention musicale la plus immédiatement signifiante. Elle amplifie la dimension tragique de cette fin de scène. Puis la musique dérisoire de la chanson *24 000 baci* se substituera à la musique majestueuse du cinéma sacralisé.

114

Paroles

A cette majesté de la musique, **s'oppose le prosaïsme** et parfois même **la trivialité délibérée** de certains dialogues.

En effet, c'est d'abord la grande liberté de ton des dialogues qui caractérise la scène et lui donne cet aspect de «tranche de vie». Godard avait révolutionné le parler cinématographique avec l'argot de Michel Poiccard dans *A bout de souffle*, la spontanéité verbale de ses personnages. Il pousse ici un peu plus loin les frontières des conventions du réalisme cinématographique avec le parler de Camille et de Paul.

C'est la première et unique longue scène qui met face à face deux personnages parlant la même langue. Le prologue était un poème, les séquences suivantes étaient médiatisées par les traductions de Francesca. Ici, Camille ne prononcera que trois mots d'un anglais minimal à Prokosch au téléphone.

Le prosaïsme est engendré par des phrases reflétant la platitude de la vie quotidienne: «Quand est-ce que tu téléphoneras à ton copain pour les rideaux? Je commence à en avoir marre!» est la première phrase de cette séquence décisive.

Camille va utiliser de nombreuses tournures appartenant au langage relâché ou spontané: «Je m'suis acheté un truc ce matin»; «Hou, la, la! je me marre»; «Je dis ça comme ça»; «T'es complètement fou, mon vieux»; «J'ai pas envie d'acheter des trucs et de remonter»; «T'es malade, non?»; «T'es un pauvre type».

Godard n'hésite pas à mettre dans la bouche de la modeste et noble Camille-Pénélope des formules carrément triviales et argotiques: «Je t'emmerde»; «Écoutez-moi ce con!»; «Parfois, t'es vraiment con»; «J'm'en fous». Nous avons vu précédemment comment il lui faisait énumérer avec une noblesse de tragédienne antique un chapelet de termes grossiers. La vulgarité n'est jamais dans le mot lui-même, mais dans la manière dont on le prononce. Camille, c'est aussi l'actrice femme-enfant, la jeune fille boudeuse, celle qui répète ludiquement à n'en plus finir «J'irai pas, j'irai pas, j'irai pas...», qui proteste comme une petite fille déçue: «Zut, t'as dit qu'on allait au cinéma!», qui se moque ironiquement des avances de Prokosch, devenant à jamais Aphrodite, quelques secondes avant d'aller rejoindre les dieux de l'Olympe et la mort : « Monte dans ton Alfa, Roméo ! »

Mais elle est aussi capable de répondre de manière cinglante aux questions incessantes de son mari : « Figure-toi que c'est parce que je pense à quelque chose, ça t'étonne ? » ; « Allons-y, mais vite ! », capable de lire sur un ton sentencieux d'oracle antique les aphorismes moraux de Fritz Lang : « Le problème selon moi, se ramène à la façon que nous avons de concevoir le monde... »

L'extraordinaire invention de Godard dialoguiste s'exerce également dans le parler de Paul, tout aussi fourni en répliques prosaïques (« Oui, tu peux garder l'eau, elle est propre »), d'expressions figées (« Allez, accompagne-moi, alors quoi, J'vais pas y aller seul... ») ; de phrases faussement paternalistes (« Qu'est-ce qui se passe, ma petite fille ? »), de ruptures de ton et de sujet (« Tu as vu cette maison en face »). Le dialogue de Paul est principalement constitué de tournures interrogatives et de répétitions : « C'est pour ça que tu es de mauvaise humeur ? » La diction de l'acteur scande les énoncés décisifs : « Il faut — que — j'te — parle »...

L'une des richesses verbales de la scène tient à la liberté avec laquelle Godard n'hésite pas à faire citer et lire des textes écrits à ses personnages, ou à leur faire raconter des histoires et des paraboles : l'histoire de Râmakrisna dans la séquence précédente, celle de l'âne Martin ici, la lecture des confessions de Fritz Lang par Camille, celle du « concours de fesses entre trois belles » lue par Paul. Ces récits et lectures relient cette séquence centrale à toutes celles qui montrent Paul, Lang et Prokosch s'affronter à grands renforts de citations littéraires et poétiques. Mais, contrairement aux usages godardiens de l'époque, comme l'a fait remarquer Jacques Aumont, ces citations sont données comme telles, maniées comme des citations littéraires, dites par un personnage à un autre personnage, « avec les guillemets » et non assumées directement par le film.

Enfin, la parole est magistralement proférée dans son registre poétique lors de la séquence centrale, avec les deux récitatifs alternés de Paul et Camille. L'effet de contraste est saisissant au milieu du flot de paroles quotidiennes et prosaïques. Les voix des deux acteurs, avec le renfort du lyrisme musical continu, transforment en poème d'amour et de nostalgie les fragments du magnifique texte de Moravia, particulièrement inspiré dans ces lignes : « Autrefois, tout se passait comme dans un nuage d'inconscience, de complicité ravie. Tout s'accomplissait avec une inadvertance rapide, folle, enchantée... »

Couleurs

La plupart des séquences du film font intervenir le décor extérieur naturel (Cinecittà, le jardin de Prokosch, Capri). Ce qui domine alors, c'est la lumière du printemps méditerranéen, l'intensité du soleil qui met en valeur les verts de la végétation, le bleu profond de la mer et du ciel.

« C'est la présentation d'un monde tragique, situé en permanence sous le regard des dieux, qu'accompagne et signifie cette lumière. » (Jacques Aumont, 1990.)

Tout le film se caractérise par un registre chromatique très sélectif, posé dès le générique et le prologue, fondé sur un primat du blanc, du jaune, du bleu et du rouge.

La séquence de l'appartement se déroule en totalité en intérieur et les couleurs qui y interviennent confirment les choix initiaux. La couleur privilégiée est d'abord le blanc. Godard a utilisé l'appartement neuf, récemment acheté, pour montrer tous les murs de l'appartement blancs ; blancheur amplifiée par les pots de peintures posés à terre, par les fleurs artificielles blanches, par l'abat-jour. Le blanc est la couleur dominante des statues. C'est, avec le jaune, la couleur de la lumière. Elle fait éclater dans l'appartement la splendeur des références mythologiques et l'intensité de la lumière odysséenne. Les grandes serviettes blanches drapées autour des personnages, et notamment de Paul, confirment ces valeurs.

Au blanc s'oppose le rouge. Cette couleur est celle du titre, nous l'avons vu. Elle intervient dès la présence du bouquet de roses rouges mais marque surtout ici le personnage de Camille qui se drape d'une grande serviette rouge, s'opposant ainsi au blanc de Paul. C'est, bien sûr, le rouge du mépris, celui de la colère et de la provocation. C'est dans la serviette rouge que Camille s'offre à Paul au moment le plus exacerbé de son mépris. Ce rouge inonde certains éléments du mobilier : le canapé qui doit remplacer le lit conjugal, les deux fauteuils, certaines fresques du livre, la rangée de livres où est caché le revolver. Il s'oppose au jaune-vieil or du lit, associé au corps de Camille dès le prologue. C'est le rouge du danger (l'affiche d'*Hatari!*), celui de l'Alfa-Romeo de Prokosch, de l'accident et de la station-service. Le mépris accable un peu plus le malheureux Paul au moment où Francesca quitte son chandail jaune pour en mettre un rouge, dans la villa de Prokosch. La chanteuse du Silver Cine, méprisée sans nuance par les personnages, est également habillée d'un chandail rouge.

Ce rouge est fondamentalement le rouge du sang répandu du Prétendant, bien visible dans le plan de *L'Odyssée* tourné par Fritz Lang.

Le jaune est la couleur des dieux, celle du corps de Camille ; plus largement, celle du corps féminin désirable mais inaccessible : Francesca rejoint Camille à la fin du film quand elle porte comme elle un peignoir jaune.

Paul est plutôt habillé de bleu : le bleu de son costume, celui du bandeau de son chapeau, sa cravate. Au départ, ce bleu s'associe au bleu marine de l'ensemble de Camille et du bandeau qui ceint ses beaux cheveux dorés. Le bleu est le bleu du ciel, de la mer, celui qui colore les yeux des statues, notamment ceux de Neptune. C'est la couleur qui complète harmonieusement le blanc et le jaune du soleil. Elle renvoie directement dans le film à l'univers d'Homère, et par là même, au personnage de Lang, vêtu d'un costume bleu foncé. On la retrouve dans les deux fauteuils de la confrontation autour de la lampe, bleus comme l'étaient les fauteuils de la salle de projection, au début du film.

Ces quatre couleurs dominent très largement les plans courts du montage central. Le blanc de la fourrure, le bleu nuit de la couverture, le rouge du canapé soulignent par contraste lumineux la splendeur éclatante de la nudité de Camille-Pénélope, le jaune de sa chevelure et de son peignoir. Godard va même jusqu'à les rassembler dans une serviette quadricolore que saisira Paul dans la salle de bains (photo 29).

Camille est celle qui s'empare des couleurs. Chaque modification de vêtement marque chez elle une nouvelle face de sa personnalité, une nouvelle sensation : d'où sa transformation en Pénélope brune, à la chevelure d'un noir d'ébène, qui soudain accuse la dureté de ses traits. Camille est l'épouse tendre de Paul, c'est la jeune dactylo vêtue sobrement d'un ensemble bleu marine, ou d'une modeste robe vert clair à pois noirs. Elle devient Vénus drapée de rouge et Pénélope coiffée de noir. Ces transformations vestimentaires visualisent la versatilité du personnage, sa dimension mythologique et la violence de son mépris, pendant que son double statufié dans le métal demeure impassible, indifférent aux coups de Paul et du sort.

REGARDS CRITIQUES

Les réactions critiques en 1963

Les admirateurs

« Nous nous trouvons aux antipodes de l'esthétique vadimienne. Vadim, c'est les bas noirs, la chemise fendue, le froufrou affriolant, le sein canaille, la fesse qui fait de l'œil (si j'ose m'exprimer ainsi). Godard, c'est la nudité, le pur dessin d'un corps sculptural saisi dans des attitudes qui, si elles sont suggestives, le sont surtout dans la statuaire antique. Chez Vadim, ça se déhanche, ça se trémousse. Chez Godard, dès que le corps est nu, il s'immobilise, il acquiert la nécessité pesante du marbre. Si Bardot, dans *Le Mépris*, scandalise, c'est de la même manière qu'une statue de la Renaissance scandalisait les attardés du Moyen Age. (...)

Oscillant de Paul à Ulysse, de Camille à Pénélope, *Le Mépris* se déroule sur deux plans : celui de la fable, celui de la vie quotidienne. Entre les deux, et servant d'intermédiaire, le cinéma, qui participe de l'une et de l'autre, qui conduit sans cesse de l'une à l'autre sous la fausse indifférence des dieux — dieux du vieil Olympe devenus, pour le cinéma, statues peinturlurées à l'antique. Et, comme sous l'influence du cinéma et des dieux d'Homère, la banale scène de ménage, saisie par le vertige de la tragédie, se précipite d'un élan irréversible vers la mort. Mort fulgurante, à laquelle nous a préparés l'immense escalier de la villa, escaladant le ciel pour hisser à la portée des dieux la terrasse, semblable à la table d'un autel, sur laquelle s'est allongée Bardot nue, comme pour l'offrande ou pour le sacrifice.

Jean-Louis Bory,
Arts, 27 décembre 1963.

« Admirons, sans culte, sans idolâtrie, sans réserves aussi, Brigitte Bardot, la très belle jeune femme et la comédienne, ici dans leur plus heureuse spontanéité. *Vie privée* devrait l'avoir exorcisée. Elle vient de changer de personnage et j'ai pu oublier tous les personnages précédents en la voyant être Camille. Elle ne devrait plus faire un seul film maintenant avec les faiseurs, même habiles. Malle et Godard ont prouvé que B.B. et les meilleurs réalisateurs du nouveau cinéma français se méritaient mutuellement. Elle est ici très simplement émouvante et touchante d'un bout à l'autre du film, depuis ses questions de la première scène, jusqu'à ce calembour qui sera ses derniers mots ; elle l'est jusque dans cette scène des mots grossiers où son visage se défait soudain, comme si Camille pressentait tout un bouleversement fatal de sa vie avec Paul, comme si passait en cet instant sur son visage, tout le désespoir de réaliser combien Paul reste étranger à son angoisse. Pour la première fois depuis *Et Dieu créa la Femme* — puisque dans *Vie privée* il fallait qu'elle soit essentiellement elle-même — Brigitte Bardot n'est pas B.B., mais un personnage, tout neuf pour elle, avec un talent tout neuf lui aussi. Il n'est pas jusqu'à sa beauté nue qui n'apparaisse aussi avec une splendeur renouvelée parce que Godard l'a respectée, n'a pas joué ni triché avec elle, en usant des alibis et des artifices de révélation-dissimulation habituels ; il l'a imposée et exaltée.

René Gilson,
Cinéma 64, no 84, février 1964.

Un film scandaleux ?...

« L'amour de Camille pour son mari cesse à l'instant où elle le soupçonne de se servir d'elle pour séduire le producteur du film dont il doit écrire le scénario. Ce mépris irraisonné, mais ineffaçable qui s'empare d'elle, c'est un mouvement de l'âme plus fort que l'attrait des corps. Le film pourrait se résumer par la formule célèbre : « On cesse d'aimer quand on cesse d'estimer. » Cette femme enfant, cette dactylo sans cervelle découvre que son « honneur » — comme eût dit Corneille — est blessé. Et son amour ne lui survit pas. Tout intellectuel qu'il soit, son mari ne parvient pas à comprendre que cette femme a cessé d'être un objet, un jouet. Tel est le piège où il est pris et ce malentendu est un thème de tragédie.

Les tragédies — même classiques — ne sont pas écrites pour les enfants et ne conviennent pas à tous les publics. Il reste que ce film serait plus beau s'il ne paraissait à certains scandaleux à cause de quelques images qui peuvent choquer. Mais il nous semble que nous ne pouvons pas passer sous silence une œuvre qui suscite une réflexion aussi grave sur le paganisme moderne et sur ce monde du cinéma qui tient lieu de mythologie à tant de nos contemporains. Ce paganisme et cette mythologie, *Le Mépris* les dénonce ; il met à jour la tromperie de cet amour sans âme et la solitude intérieure de ces faux demi-dieux.

Jean Collet,
Télérama, janvier 1964.

Sur le montage

« *Le Mépris* marque chez Godard l'avènement d'un sens de la durée dont, étrangement, il confie le soin au montage ; le plus serein, le mieux équilibré des plans fixes devant, par contraste, y traduire la rupture. Le jeu de caches de l'appartement, dérobant, par ses vastes surfaces, les êtres l'un à l'autre, et à nous-mêmes, ces entrées et sorties de champ où personne ne se rencontre jamais, substituent à l'habituel plan de coupe l'efficacité autrement pénétrante d'une sorte de montage dans le plan suivant, le cri de Camille, interrompu par les limites du cadre et auquel répond, comme un écho assourdi, celui de son mari, ne nous semblent pas des fragments d'un mouvement dont on aurait brisé le cours, mais la continuité respectée d'un élan qui s'apaise, d'un chant dont la dernière note est encore lourde des accords passés. J'aime, dans ce film, que par le plus ténu des mouvements l'insolence soit étouffée, que la gravité s'y installe, parce que Camille disant «Nom de Dieu» baisse les yeux et la voix, et que le bruit d'une vague s'écrasant sur les rochers sanctionne, lors du baiser, le seul moment où la nature s'abandonne à l'action.

Jean Narboni,
Cahiers du Cinéma, n° 152,
février 1964.

Les détracteurs

❮❮ Un film de Godard, ce n'est jamais que la thèse d'un redoutable autodidacte, incapable de conclure, sur le cinéma, le monde ancien et moderne, et enfin les ennuis de Godard dans les domaines les plus variés : de la recherche d'un appartement aux angoisses de la «création artistique». Pas plus dans *Le Mépris* qu'ailleurs, Godard n'a maîtrisé son opération. Il est d'autant moins excusable, qu'il avait mis dans son jeu quelques atouts majeurs, et qu'il a à peu près déchiquetés lui-même. Il est probable que c'est

un garçon très malheureux, mais le malheur n'est pas une excuse.

Gérard Legrand,
Positif, n° 59, mars 1964.

❮❮ Quant à la femme, je crois bien que c'est une erreur d'en avoir fait l'idiote splendide que Bardot incarne si magistralement. Dans le livre de Moravia, la genèse du mépris était décrite comme un processus lent, une maturation perfide d'où émergeait ce fruit empoisonné. Certaines pages du roman avaient une virulence douloureuse. C'est peu de dire que la virulence est absente du film. Le changement de l'amour en mépris est, ici, fulgurant et total, sans gradations et sans nuances, irréversible ; et il est motivé par des incidents qu'une femme normalement intelligente, normalement sensible, jugerait à leur valeur, mettrait aussitôt à leur place, mais qu'une femme stupide peut, en effet, interpréter tout de travers. Le personnage que Godard a imposé à la gentille Bardot va loin dans l'abrutissement : condamnation butée, irraisonnée, injures veules («T'es un pauv' type»), mutismes bovins... Du mépris, cela ? Non. C'est l'auguste bouderie d'une bouchère poujadiste, le caprice insondable d'une vache Apis soudain rétive devant le taureau... Être méprisé par *ça* ne veut strictement rien dire, parce que les abîmes de la bêtise sont vertigineux.

Jean-Louis Curtis,
Cinéma, © éd. Julliard, 1967.

122

La critique du *Mépris*
lors de sa nouvelle sortie en 1981

❮❮ *Le Mépris* est un film fier. Son écriture toute de lents travellings latéraux, sûrs, coulés, exprime une sorte de distance affirmée. Une assurance qui épouse la gravité du propos. Mais cette fierté est cassée, sublimée sans cesse par la dérision des images, du dialogue quasi incantatoire et du jeu de cache-cache entre les personnages. Comme Camille demande à Paul s'il préfère ses seins ou la pointe de ses seins, Prokosch demande à Lang de n'être pas Lang.

Gérard Vaugeois,
L'Humanité-Dimanche n° 90,
16 octobre 1981.

« Nul mieux que Godard... »

❮❮ Nul mieux que Godard dans *Le Mépris* n'a jamais pratiqué le cinéma comme un art du montage et le montage comme un art de faire circuler des intensités, de changer de lignes. L'art de passer d'une couleur à une intonation de voix, d'un mouvement de caméra à une phrase musicale, de la naissance d'une émotion à la découverte d'un espace, d'une vitesse à une autre. *Le Mépris*, tel que nous le retrouverons après 18 ans d'invisibilité, est absolument inaltéré par tout ce temps et tout ce cinéma qui a passé : rarement un film aura donné à ce point de perfection cette impression de tenir « en l'air », sans aucune adhérence au sol, avec la souveraine autonomie d'une sculpture ou d'un morceau de musique. Je ne vois que certains films de Dreyer ou d'Ozu pour être aussi aériens, déliés et musicaux. A tel point que *Le Mépris*, pour qui en ignorerait la date anecdotique, est une œuvre godardienne. (Le mot « œuvre », qui convient d'habitude si peu au cinéma de Godard, est pour une fois le mot juste : *Le Mépris* est une pièce de cinéma parfaitement sphérique.) C'est un film qui pourrait tout aussi bien arriver, cinématographiquement parlant, aussitôt après *Sauve qui peut (la vie)*. De celui-ci, qui vient pourtant 18 ans après, il accomplit à la perfection le programme d'un cinéma qui serait *dans toutes ses opérations* un art de montage. Sauf qu'il nous a fallu attendre *Sauve qui peut (la vie)* pour être capables de voir vraiment ce qu'était déjà *Le Mépris* en 1963 : un film corpusculaire où tout n'est que rythmes différentiels, changements de lignes, accélérations et ralentissements.

Alain Bergala,
Cahiers du Cinéma n° 329,
novembre 1981.

GLOSSAIRE

Cadrage: Organisation plastique de ce que filme la caméra. Le cadrage (ou cadre) dépend de la place de la caméra, de l'objectif choisi, de l'angle de prise de vue.

Champ: La portion d'espace filmable par la caméra. Le «cadre» se détermine à l'intérieur du champ.

Contrechamp: Le point de vue opposé à un champ. Exemple: deux personnages A et B se parlent, face à face. On filme le personnage A, puis le personnage B. Le plan b est le contrechamp de a.

Insert: Détail d'un objet ou d'un personnage cadré en très gros plan venant s'intercaler dans une suite de plans plus larges. Exemple: le message d'Adieu écrit par Camille (séquence 15).

Montage: Opération technique qui consiste à mettre bout à bout, dans l'ordre de la narration, les différents plans d'un film. Opération technique, le montage est aussi création artistique. La langue anglaise distingue: *cutting*, l'opération technique; *editing*, opération artistique; *montage*, comme création et théorie.

Montage court: Moment d'un film où s'enchaîne très rapidement des plans très courts, d'une durée inférieure à 10 secondes environ. C'est une figure de style très fréquente dans le cinéma muet de la fin des années 20, redécouverte par le cinéma moderne du début des années 60, en particulier par Alain Resnais dans *Hiroshima mon amour* et *L'Année dernière à Marienbad.*

Panoramique: Mouvement horizontal, ou vertical, de l'appareil de prise de vue, sur son axe, maintenu en un point fixe.

Plan: L'unité de base de la fabrication d'un film. C'est la portion de film impressionnée entre l'ordre «moteur», et l'ordre «coupez»; sur un film monté, le plan est limité par la collure qui le lie au plan précédent et au suivant. Les plans peuvent être de durée très variable (cf. plan séquence). Les plans se caractérisent par leur «valeur» (définie par la place de la caméra et le choix de l'objectif) qui détermine le cadrage. On s'accorde généralement sur l'échelle des plans suivante:

Plan général ou de grand ensemble: personnages lointains dans un vaste espace.
Plan d'ensemble: espace large (rue, hall), personnages identifiables.

124

Plan moyen: personnages cadrés en pied.

Plan américain: personnages cadrés à mi-cuisse.

Plan rapproché: personnages cadrés à la ceinture.

Gros plan: personnage cadré au visage.

Très gros plan: isole un détail (partie du visage, objet, etc.). Un mouvement d'appareil ou un effet optique peut faire passer, dans le même plan, du grand ensemble au très gros plan.

Plan séquence: C'est un plan très long, c'est-à-dire une très longue portion de pellicule qui montre en continuité, sans collures, la totalité d'une action se déroulant pendant la durée d'une seule séquence. Par exemple, le **plan 159** du *Mépris* qui montre Paul s'expliquant à l'intérieur de la villa de Capri avec Prokosch est un plan-séquence type. Ne pas confondre le *plan-séquence* avec le *plan long*: la séquence de l'appartement (**séquence 8**) est montée en longs plans et non en plans-séquences (puisqu'il y a plusieurs plans longs dans une seule séquence).

Plongée: Angle de prise de vue, quand la caméra est située au-dessus de ce qu'elle filme. **Contre-plongée:** quand la caméra est située au-dessous de ce qu'elle filme.

Point de vue: Quand la caméra montre ce que voit un personnage (ou plan subjectif). — En anglais: P.O.V. *(point of view).*

Profondeur de champ: Dans l'axe perpendiculaire au plan du film (ou à celui de l'écran lors de la projection), la partie du champ qui sera nette ou «piquée» (le reste étant plus ou moins flou).

Raccord: Terme de montage, qui désigne l'enchaînement de deux plans. L'art du montage est l'art du raccord, et l'art du rythme. — **Raccord dans le mouvement:** quand deux plans sont raccordés par leur dynamique propre, même s'ils n'ont pas d'autres liens. — **Faux raccord:** quand le raccord n'est pas respecté (dans la topographie diégétique, le mouvement, ou l'esthétique, etc.). Le faux raccord peut être volontaire (pour créer un effet de surprise), ou involontaire (erreur au tournage)!

Séquence: Ensemble de plans constituant une unité narrative, avec, le plus souvent, une unité de lieu ou d'action (voir *plan, plan séquence*).

Travelling: Mouvement de l'appareil de prise de vue à travers l'espace. La caméra est alors placée sur une grue, un chariot se déplaçant sur des rails. On peut avoir: travelling avant, latéral, arrière. Tous ces mouvements peuvent se combiner.

Bibliographie sélective

1. Textes de Jean-Luc Godard

Introduction à une véritable histoire du cinéma, Paris, Albatros, 1980.

Jean-Luc Godard par Jean-Luc Godard, édition établie par Alain Bergala, Cahiers du cinéma, Éd. de l'Étoile, 1985, 640 p.

2. Livres sur Godard ou analysant partiellement *Le Mépris*

COLLET (Jean), *Jean-Luc Godard*, Paris Seghers, coll. « Cinéma d'aujourd'hui », 1ʳᵉ édition 1963, 192 p., avec un entretien sur *Le Mépris* réalisé en septembre 1963.

VIANEY (Michel), *En attendant Godard*, Grasset, 1967, 230 p. (Essai comprenant un reportage sur le tournage du *Mépris*.)

GOLDMANN (Annie), *Cinéma et société moderne*, Paris, Anthropos, 1971, 256 p., chap. sur *Le Mépris*, pp. 112-131.

COLLET (Jean), et FARGIER (Jean-Paul), *Jean-Luc Godard*, nouvelle édition refondue, Paris, Seghers, 1974, 208 p.

ACHARD (Maurice), *Vous avez dit Godard?*, Éd. Libres-Hallier, 170 p., Paris, 1980.

LEFÈVRE (Raymond), *Jean-Luc Godard*, Paris, Edilig, coll. Cinégraphiques, 128 p., avec un chapitre sur le film : « le ciel bleu du *Mépris* », pp. 55-61.

CERISUELO (Marc), *Jean-Luc Godard*, Paris, Lherminier Quatre vents, 1989, 272 p. Très bon chapitre sur le film : « *Le Mépris* ou la question du cinéma », pp. 81-97.

DESBARATS (Carole) et GORCE (Jean-Paul), *L'Effet Godard*, Toulouse, Éd. Milan, 1989, 180 p.

DOUIN (Jean-Luc), *Godard*, Paris, Rivages/Cinéma, 1989, 256 p.

HAYWARD (Susan) and VINCENDEAU (Ginette) (sous la direction de) *French Film, Texts and contexts*, Londres, Routledge, 1990, article de Jacques Aumont, « The fall of the gods, Jean-Luc Godard's *Le Mépris* », pp. 217-229.

3. Articles de fond, numéros spéciaux de revues

Études Cinématographiques, « Jean-Luc Godard, au-delà du récit », nᵒ 57-61, 1967, présenté par Michel Estève, avec un essai de Barthélemy Amengual, Paris, Lettres Modernes, Minard, 1967, 192 p.

Art Press, Spécial Godard », Hors série n° 4, décembre 84-janvier-février 85. Coorodonné par Dominique Païni et Guy Scarpetta, 70 p.

Revue belge du cinéma, « Jean-Luc Godard, les films », n° 16, Été 1986, sous la direction de Philippe Dubois, 112 p. : contient la première version de mon étude « Un monde qui s'accorde à nos désirs », pp. 25-36, l'article d'Anne-Marie Faux, « Quelque chose à entendre et à regarder », pp. 105-106, et la double étude des génériques de Godard, par Jean-Louis Leutrat, « Il était trois fois », et Roger Odin « Il était trois fois, numéro deux ».

Revue belge du cinéma, « Jean-Luc Godard, le cinéma », n° 22/23, réédition très augmentée du numéro précédent.

Hors Cadre, n° 6, « Contrebande », 1988, P.U. de Vincennes-Saint-Denis, article de Marie-Claire Ropars, « Totalité et fragmentaire : la réécriture selon Godard », pp. 193-207.

CinémAction, n° 52, « Le Cinéma selon Godard », sous la direction de René Prédal, Corlet-Télérama, 216 p., juillet 1989.

Admiranda, Cahiers d'analyse du film et de l'image, « Le Jeu de l'acteur », n° 4, 1989, 120 p.

Aix-en-Provence, 1990, coordonné par Nicole Brenez. Article « Le Rôle de Godard », par Nicole Brenez, pp. 68-76. Cet article reproduit le chapitre de la thèse de l'auteur intitulée *Autour du Mépris* (École des Hautes Études en Sciences Sociales, 1989),

L'Avant-Scène Cinéma, Le Mépris de Jean-Luc Godard, suivi de *Bardot, Jean-Luc Godard* et *Paparazzi* de Jacques Rozier, n° 412/413, mai-juin 1992, avec une préface de Nicole Brenez « Cinématographie du figurable » et découpage plan à plan.

4. Bibliographie complémentaire

MORAVIA (Alberto), *Le Mépris*, traduit de l'italien par Claude Poncet, Paris, Flammarion, 1955, rééd. Garnier-Flammarion, 1989, avec introduction, bibliographie et chronologie par Jean-Michel Gardair.

MORAVIA (Alberto), *Trente ans au cinéma*, de Rossellini à Greenaway, « Cinémas », Flammarion, 1990, 366 p.

LEUTRAT (Jean-Louis), *Des Traces qui nous ressemblent, sur Passion de Jean-Luc Godard*, coll. Spello, Seyssel (Ain), Éd. Comp'act, 1990, 100 p.

PICCOLI (Michel), *Dialogues égoïstes*, Paris, Olivier Orban, 1976, rééd. Verviers (Belgique), Marabout, 1977, 276 p., sur le tournage du *Mépris* : pp. 179-194.

Remerciements

Francis Vanoye, Agnès Guillemot, Philippe Dubois, Jacques Aumont, Anne-Marie Faux, Nicole Brenez, Jean-Louis Leutrat, Roger Odin, Marc Vernet, Marc Cerisuelo, Gérard Vaugeois, Martine et Michel Joly, Sophie Safi-Dubail, Françoise Juhel, et plus particulièrement Charles Bitsch pour les documents qu'il m'a communiqués et pour son précieux témoignage.

Photogrammes
Philippe Dubois — Yellow Now :
11, 34, 35, 42, 50, 53, 54, 55,
58, 60, 62, 64, 67, 68, 71,
77-78, 82, 85-86, 97 h, 104 b et c, 119
Photos de plateaux
Forum distribution 28, 76, 79, 96, 97 b, 104 a et photo de couverture

ÉDITION : **Bertrand Dreyfuss, Christine Grall**
MISE EN PAGES : **Annie Le Gallou**
COUVERTURE : **Noémi Adda**
PHOTOCOMPOSITION ET PHOTOGRAVURE : **Graphic Hainaut**

Aubin Imprimeur

LIGUGÉ, POITIERS

Achevé d'imprimer en octobre 1995
N° d'édition 10031120 (1) 2 (CSBG 90)
N° d'impression L 50189
Dépôt légal octobre 1995 / Imprimé en France